W0406604

850

Punt de llibre
Ballester, 8 - Tel. 26 48 88
25002 LLEIDA

JOAN SALVAT-PAPASSEIT

POESIES COMPLETES

Clàssics Catalans Ariel
2

CLÀSSICS CATALANS ARIEL

Dirigeix la col·lecció
JOAQUIM MOLAS

Textos

1. Joanot Martorell i Martí Joan de Galba
Tirant lo Blanc, 2 vols.
Edició i pròleg de Martí de Riquer

2. Joan Salvat-Papasseit
Poesies completes
Edició, pròleg, cronologia i bibliografia de Joaquim Molas

3. Màrius Torres
Poesies
Pròleg de Pere Gimferrer

4. Joan Maragall
Nausica
Text establert sobre el manuscrit de l'autor, amb taula de variants i de les diverses redaccions, per Carles Riba
Edició a cura d'Enric Sullà

Estudis

Martí de Riquer i Antoni Comas
Història de la literatura catalana, 4 vols.

Emilio Alarcos Llorach
Estudis de lingüística catalana

Literatura

Joan Salvat-Papasseit
El poema de la rosa als llavis
Edició, pròleg i cronologia de Joaquim Molas

JOAN SALVAT-PAPASSEIT

POESIES COMPLETES

Edició a cura
de
Joaquim Molas

EDITORIAL ARIEL
BARCELONA

Primera edició (a cura de J. Sales): 1962
(Edicions Ariel, Barcelona)

Segona edició (a cura de Joaquim Molas),
dins Clàssics Catalans Ariel: març de 1978
1.ª reimpressió: novembre de 1979
Cuarta edició (amb el títol *Poesies completes*): juliol de 1983

© 1962 i 1983: Hereus de Joan Salvat-Papasseit

Drets exclusius d'edició:
© 1962 i 1983: Editorial Ariel, S. A.
Còrsega, 270 - Barcelona-8

ISBN: 84 344 7510 3
Dipòsit legal: B. 27.596 - 1983

Imprès a Espanya

Cap part d'aquesta publicació, incloent-hi el disseny de la coberta, no pot ésser reproduïda, emmagatzemada o transmesa de cap manera ni per cap mitjà, tant si és elèctric, com químic, mecànic, òptic, de gravació o bé de fotocòpia, sense la prèvia autorització de la casa editora.

PRÒLEG

SALVAT, en unes notes autobiogràfiques de joventut, havia dit: "Sóc, com home de lletres, d'imaginació escassa, més aviat elemental: tot ho he vist o viscut". "No he escrit mai sense mullar la ploma al cor, esbatanat". I, al cap de tres o quatre anys, en un dels poemes de *La gesta*, deia: "cada ferida la sang d'un poema". En efecte: Salvat treballava amb la vida i la literatura com una mateixa possibilitat de realització i, per tant, els seus poemes reproduïen amb precisió els moviments més espontanis de la seva intimitat. De fet, eren, són, la compensació o, si voleu, la sublimació de la impotència de la vida, d'una vida: la seva. Una vida de misèria que buscava una sortida en la llibertat; una vida de malalt que buscava una compensació en el somni i que desenrotllava un optimisme vibrant, totalitzador. En general, els poemes aplegats en els primers llibres són programàtics en dos sentits: l'ideològic i l'estètic. Els de maduresa mitifiquen una/la realitat perduda: la de cada dia. Així, la seva producció, composta cremant etapes, és fruit d'una progressiva depuració programàtica i, alhora, d'un procés creixent de condensació elegíaca. Una depuració i un procés que, a poc a poc, desemboquen en una poètica personal i en una transformació mítica de la realitat.

L'ACTA DE NAIXEMENT D'UN POETA

Entre el modernisme regeneracionista i el futurisme poètic

Salvat, que s'havia format de mala manera en uns ambients que participaven de la bohèmia més negra i de la lluita político-social més exaltada, inicià les seves activitats literàries amb una sèrie de textos ideològics de clara vinculació modernista. Entre 1914 i 1916, publicà una colla d'articles signats, o no, amb el pseudònim de "Gorkiano" que propugnaven una mena de socialisme internacionalista que, de fet, barrejava les idees més tòpiques del regeneracionisme del tombant de segle amb d'altres de procedència cristiana o anarquista. En un moment donat, fins intentà de traduir aquestes propostes teòrico-crítiques en una militància concreta. "Yo que dudaba entonces entre el colectivismo y el individualismo", diu, "ingresé por primera vez en un partido, afiliándome a la Juventud Socialista Barcelonesa." L'experiència, però, resultà un autèntic fracàs i, ben aviat, la deixà per una de nova. "Ja no vull allistar-me sota de cap bandera", diu. "Són el ver distintiu de les grans opressions. Àdhuc el Socialisme n'és una nova forma, d'opressió, perquè és un estat nou seguidor de l'Estat." I afegeix: "seré ara el glossador de la divina Acràcia, de l'Acràcia impossible en la vida dels homes, que no senten desig d'una Era millor". Així, el mes de març de 1917, fundà una revista de "subversió espiritual" que batejà amb un títol d'inspiració ibseniana: "Un Enemic del Poble". I, en les seves pàgines, on col·laboraven, a la vegada, Josep M. de Sucre, Jaume Brossa i

Eugeni d'Ors, Didac Ruiz i Ramón Gómez de la Serna, Josep M. López-Picó i Paul Dermée, desenrotllà un individualisme de tipus voluntarista que, a meitat de camí de Nietzsche i de l'anarquisme més desordenat, vull dir, més lliure de compromisos, atacava amb violència la injustícia i defensava la plenitud moral de l'home.

El desembre del 17, Salvat, que acabava de descobrir l'Avantguarda, probablement a través de Torres-Garcia i de Barradas, publicà el seu primer poema: "Columna vertebral: Sageta de foc". Per a Fichte i, en general, per a la tropa romàntica, el poeta era un conductor de masses. Un profeta. "He is the light of the world", diu Carlyle; "the world's Priest: —guiding it, like a sacred *Pillar of Fire*, in its dark pilgrimage through the waste of Time."[1] Segons Montoliu, don Manuel, Alomar havia pres la definició de Carlyle per donar títol a la seva única col·lecció de poemes: *La Columna de Foc* (s. a. [1912?]).[2] Uns quatre o cinc anys després, directament de Carlyle o a través d'Alomar, Salvat recollí la definició, l'amplià de manera prou significativa i la posà en el centre mateix del seu programa. Un programa que comença amb una llista de tòpics modernistes/futuristes —lluita, joventut, voluntat, victòria, infinit— i que, de fet, barreja idees d'inspiració nietzscheana amb d'altres d'anaquistes. En efecte: menysprea els dèbils i els fanàtics i, correlativament, propugna la companyia dels lluitadors forts que, pel fet d'ésser-ho, omplen les presons. Són falses les bases teòriques de la societat constituïda: l'experiènica, la moral, la política, la filosofia, la

1. Thomas Carlyle, *On Heroes*, Lec. V. — El subratllat és meu.
2. Manuel de Montoliu, *Gabriel Alomar*, dins *Estudis de literatura catalana*, Societat Catalana d'Edicions, Barcelona, 1912, p. 25.

religió. La raó. "Sofismes els sofismes per als qui només veuen amb els ulls del cervell." "Si cal governar i dirigir", diu, "agafeu la tralla." Però "no vulgueu governar"! L'home fort és la "columna vertebral" de la societat i, a la vegada, una "sageta de foc" que apunta a l'infinit. Un camí que simbolitza l'oronell! El programa, en el fons, més vague que destructiu, Salvat el realitzà amb una forma nova i contundent. Una forma un si és no és inhàbil que s'ajusta amb tot rigor a la pràctica més incisiva del Futurisme: desarticulació del discurs, ús de les anomenades paraules en llibertat, ús de signes aritmètics, etc. Així, el poema intenta de potenciar la ruptura del contingut amb una altra de nova: la formal.

Al llarg de l'any 18 i del primers mesos del 19, vacillà entre dos projectes de vida que, des del principi, se li presentaren com a excloents: el de moralista, lligat al modernisme regeneracionista, i un altre de poeta, encara confús, lligat a les experiències futuristes. El 1918, l'inaugurà amb una revista d'Avantguarda: "Arc-Voltaic. Plasticitat del vertic — Formes en emoció i evolució — Vibracionisme de idees — Poemes en ondes Hertzianes". Però, l'empresa, l'abandonà quan tot just l'havia encetada i, a despit de mostrar un interès creixent per l'Avantguarda, continuà concentrant els sèus esforços en la vella revista de títol ibsenià i, per tant, tendí a resoldre les vacil·lacions a favor de la primera opció. "Jo aniré més enllà de l'Esperit, lluny de les baixes lluites socials i polítiques d'avui", escriu a Pompeu Gener. "Seré a les altes lluites que abarquen tots els temps." En conjunt, les vacil·lacions, les havien provocades un seguit de circumstàncies personals que, al capdavall, les ajudaren a resoldre. L'amistat amb Joaquim Torres-Garcia; el fet de treballar amb Santiago Segura i d'haver entrat en contacte amb el grup de poetes i de plàstics que girava al seu voltant; el matrimoni i la paternitat; el primer avís, greu i espectacular, de la malaltia; etc. Cap a mitjan 1919, Salvat, que ja havia substituït l'internacionalisme dels primers articles per un nacionalisme tot nou, deixà de pensar-se com a moralista i començà a fer-ho seriosament com a poeta. El mes de maig, clausurà la revista "Un Enemic del Poble" i, en ple estiu, recollí bona part dels poemes que ja tenia publicats i, amb l'afegitó d'altres de nous, organitzà un llibre que donà a la llum el mes de novembre i al qual posà per títol un dels subtítols que figuraven a l'"Arc-Voltaic": *Poemes en ondes hertzianes.*

Una poètica d'Avantguarda

Una sèrie d'indicis indiquen l'abast programàtic del llibre. Abans de tot, el títol. Un títol que fixa amb precisió els límits del contingut: el maquinisme urbà. Després, els mots de Pierre Albert-Birot que serveixen de lema i que anuncien la voluntat explícita de trencar amb els principis de la poètica aristotèlica i, més en general, de la clàssica. La "Lletra d'Itàlia", en fi, defineix els uns i els altres en termes futuristes. En efecte: la "Lletra", escrita amb un estil dinàmic i deslligat, intenta de sintetitzar el moviment artístic italià. Barreja el títol d'algunes revistes ("Valori Plastici") amb el nom d'algunes de les figures més destacades (Carrà, Soffici, Prampolini) i aquestes amb les clàusules o les expressions més significatives: l'anti-passatisme, la "via sense fils", etcètera. La síntesi, mecànica i poc informada, comprèn el nom d'algun expressionista (Strawinsky, Berkmann) i, sobretot, el d'una colla d'autors catalans que, avui, poden sorprendre però que, en aquell moment, coincidien amb els afanys de Salvat. Didac Ruiz, vell militant modernista i col·laborador d'"Un Enemic del Poble", residia en terres italianes i, segons que sembla, havia mig entrat en relació amb els grups futuristes. Millàs-Raurell conreava un tipus de poema alguns aspectes del qual eren vagament assimilables a l'Avantguarda. Els poemes de Vicenç Solé de Sojo potser eren, són, més pròxims als d'Apollinaire que no pas als de Marinetti. De J. V. Foix, un dels divulgadors més il·lustres del Futurisme, Salvat descobreix amb malícia el substrat culturalista i popular que li és propi: "aquí a Roma es murmura que per comprendre En Foix de Sarrià hom deu llegir Sòfocles primer. La Laieta ha plorat, car haurà de tornar a *començar pel Narro*... perquè no el sap llegir".

Amb tot, els *Poemes* contenen una autèntica mescla de materials italians i francesos. En conjunt, Salvat desarticula l'estructura tradicional del discurs i destrueix, a la vegada, l'harmonia tipogràfica de la pàgina. Per a ell, el poema, com, per al pintor cubista, el quadre, no ha de descriure la realitat sinó que ha de donar un equivalent poètic de les seves experiències de la realitat. Així, el poema es converteix en una juxtaposició d'impressions, de sensacions o de sentències que, almenys en teoria, és infinita i que, a la pràctica, acaba de manera arbitrària i contundent. (Un final que, amb freqüència, és subratllat amb lletres majúscules o negretes.) Altrament, Salvat, per augmentar la capacitat de suggestió del poema, elimina els signes de puntuació i, a més, trenca el vers en dos o més escalons successius, o simultanis, i separa unes parts de les altres amb masses desiguals de blanc. Un trencament amb el qual indica les pauses sintàctiques i amb el qual, sobretot, destaca les superposicions metafòriques o els paral·lelismes de l'acció:

Els vidres de la sala tremolen
rondinen sobre els sotracs dels trams

En general, Salvat utilitza les anomenades "paraules en llibertat" —descobertes per Mallarmé i programades per Marinetti—: ús de distints tipus o cossos de lletra, substitució de les paraules per signes aritmètics, ús de paraules que, en aparença, floten capriciosament, etc. En "Columna vertebral: Sageta de foc", per exemple, les paraules flotants tenen una funció simbòlica —la V de Victòria—, o en tenen una altra de més mecànica: tancar, en forma de clau sinòptica, una enumeració de conceptes:

Experiència,
moral,
sistemes de govern,
sistemes filosòfics,
religions: SOFISMES

En el "Drama en el port" i en "54045", la distribució de les lletres "Arc-Voltaic" i "Arc de Triomf" reprodueix en termes tipogràfics el contingut: un arc. En el primer, a més, la desorganització simètrica de les lletres que constitueixen la paraula *tràngol* indica el moviment que el mar imprimeix en una boia:

LA BOIA INQUIETA
T À G L
R N O

ARA LES ONES CANTEN EL DESIG D'ENGOLIR

Així, Salvat insinua l'ús del *collage* i, amb més timidesa, el del cal·ligrama. En un sol cas, introdueix en el cos del poema un text aliè. Un text de tipus popular i ple de ressonàncies simbòliques.

la lluna
la bruna
vestida
de dol

En "Plànol", descriu la ciutat de Roma o, més exactament, l'estructura político-social d'una ciutat simbòlica. En efecte: un eix horitzontal divideix el plànol en dues parts asimètriques. (¿Un eix vertical, més desdibuixat, el dividiria també en forma de creu?) En la de dalt, decantat lleugerament cap a l'esquerra, hi ha el món dels aristòcrates; en la de baix, i cap a la dreta, hi ha el dels pobres. Dit d'una altra manera: la societat està dividida en dues classes. Una, la dels poderosos, ocupa els llocs més elevats: els d'honor; l'altra, la dels miserables, ocupa els llocs de servitud: són una simple/ desolada peanya. Entre el sistema de viure de les dues, l'oposició és total. "Mont Aventí", "decadència" , "xalets" s'oposen a "suburbis". "Esglésies", a "hospitals". "Aristocràcia" i "ironia en el crim", a "rameres pobres", "la galera" i "honradesa". "Vici", a "fam". I, al final, desemboca en una amarga constatació d'impotència:

El sol ho encén tot
—Però no ho consum.

Una crisi de confiança

En conjunt, els *Poemes* constitueixen la liquidació de les inquietuds de jovenesa, descriuen una crisi de fons i, al capdavall, descobreixen una sortida positiva que, de fet, conté en germen tota la producció de maduresa. En efecte, els poemes més antics —"Columna vertebral: Sageta de foc", "Plànol"— són, respectivament, un programa polític-moral d'acció i un certificat d'impotència. El poema que sembla més modern —"El record d'una 'Fuga' de Bach"— proposa les bases mínimes d'una nova confiança en la vida i és, doncs, una sortida de la crisi. Els escrits entre un bloc i l'altre són l'expressió de la crisi. La crisi de l'home esclafat pel pes d'un món domèstic i maquinístic. Els símbols negatius són constants: la boira, els ports i el seu caramull de dragues, transatlàntics i sirenes, els llums artificials —gresol, gas, arcs voltaics, electricitat—, els tramvies, els maniquís, unes flors sintètiques, etc. En "Passeig", per exemple, Salvat descriu un paisatge nocturn. Un paisatge boirós i emplujat de fresc on els llums són "guaites" i on el poeta creu "que és dolç escoltar el silenci" i somriu. "I mil llums em somriuen." Mil llums que no són pas homes i que tenen el somriure "càlid". Enmig de la boira i del silenci, "les espurnes blanques dels troleis dels trams dansen com les estrelles". I, de sobte, la beatitud, la trenca l'aparició impensada de l'home: "M'HE TOPAT AMB UN HOME QUE PASSAVA". De fet, l'home, és un ésser solitari i desvalgut. Un ésser temorós que ha perdut la seva individualitat dins un muntatge uniformitzador, opressiu. En "54045", dedicat a J. V. Foix i coincident amb un text coetani d'aquest, el poeta s'enfronta amb la maquinària majestuosa del tramvia. "No he vist més majestat que en lo stylo de foc/ TROLLEY TROLLEY TROLLEY." Dins la gran baluerna, el poeta —és a dir: l'home— perd la seva individualitat i se sent, a més, abandonat entre uns homes que, contra seu, formen un mur espès d'estrangeria:

> És que jo só igual per cadascú
>
> en el passatge
>
> Fa fàstic
>
> i és segur que aquest vell no coneix el meu [nom

La misteriosa aparició del revisor trenca l'entesa tàcita amb el cobrador i, en una dramàtica antítesi, ha de baixar del tramvia a l'Arc de Triomf. Aleshores, s'apodera d'ell la por i de la por neix la suprema misèria:

> M'he palpat bàrbarament
>
> si m'han pres la cartera
>
> A fe que no en portava amic

En aquest món d'opressió, apareix el malson: la superstició. En "Interior", tot és artificial. "El bec de gas que xiula", les flors, el sotrac que produeix el pas dels tramvies... Els maniquís de fusta semblen autèntics espectres. I els ulls de l'estimada brillen. Brillen com els d'un gat o com l'escata! De sobte, fa caure d'un cop de colze el tinter i apareix la superstició. I la por: "HEM ESDEVINGUT PÀL·LIDS. El somni, és a dir, l'evasió és impossible. En "Bodegom", el poeta, en un altre interior mal il·luminat —"el gresol penjat/n'és l'agonia"—, llegeix un llibre d'aventures marítimes de Poe, que, angoixosament, el contempla des de dalt del sostre. En el moment de cloure la lectura, es tomba un got de whisky. I Poe cau borratxo! En "Linòleum", el poeta, que llegeix una novel·la de l'Oest, perquè aprofita qualsevol ocasió "per occir la memòria que els meus tenen de mi", amb altres paraules, per escapar de la imatge que ha creat al llarg dels anys, inicia un somni de pells roges —Salvat confon "indis" i "hindús"— i de tomahawks. Un llibreter de vell, però, que "passeja/bracejant els meus Poemes/cada un d'Ells inèdit", interromp el somni. El poeta exclama: "no puc marxar/sense que abans no escanyi el llibreter". La força destructora de la cultura desinfla el globus del somni i, doncs, de l'aventura, és a dir, de l'única felicitat possible. En "Drama en el port", el poeta comparteix el desig dels emigrants que abandonen una pàtria miserable i fugen cap a l'aventura. I el somni, aquí també, resulta impossible. "Jo em veig a l'horitzó", diu, però les gavines —símbol del somni i l'aventura— són fora del port. I "reposen"! Amb tot, al final del llibre, Salvat descobreix una sortida a l'opressió i la frustració: la poesia. Una poesia que simbolitza en la innocència infantil i en el prodigi colorístic del circ. En efecte: "El record d'una 'Fuga' de Bach" constitueix una mena de diàleg interior, que, com les fugues, consta d'una veu que recita el tema i d'una altra que la contesta alternadament i, en aquest cas, negativament. Així, el poema, l'articula un seguit d'oposicions que giren al voltant d'un sol tema: l'alliberament. L'anada a Sitges, per exemple, té la rèplica en la paràbola de l'esquirol que es mossega la cua: la inutilitat. El full del calendari convertit en grua i el canvi d'horari decretat per les autoritats (unes autoritats opressives i simbolitzades, per tant, en termes negatius: Montjuïc) són inútils o fal·laços. El món llibresc, en fi, és incapaç d'entendre la bellesa d'una cançó popular/infantil o d'un infant que riu tot contemplant les estrelles. Al capdavall, però, troba la sortida. Una sortida que recull en *L'irradiador del port* i que, de fet, configura tota la producció posterior:

—L'estel hexagonal de colors en el Circ enclou totes les [síntesis del món.

LA RECERCA D'UNA POÈTICA

"L'irradiador del port i les gavines"

Entre el desembre de 1919 i el juliol de 1921, Salvat, que ja havia resolt les seves vacil·lacions, intentà de definir l'ofici de poeta que acabava de triar o, més exactament, el contingut moral que calia atribuir-li. El primer text literari autènticament programàtic, el *Concepte del Poeta*, aparegué en una revista de barri, "Mar Vella", quan tot just feia unes setmanes que havien sortit les *Ondes*. Al cap d'uns mesos, el juliol de 1920, apareixia el "primer manifest futurista català": *Contra els poetes amb minúscula*. Els dos textos barregen d'una manera més aviat desordenada propostes modernistes, més en concret, de Joan Maragall i de Didac Ruiz, amb d'altres de netament futuristes. En principi, els seus designis d'agressivitat, comptant i tot els atacs contra la tropa noucentista, són tan generals —i vagues— que resulten del tot ineficaços; d'altra banda, les constants del seu pensament —el poeta entès com a lluitador independent, altiu, sincer, blasfem i entusiasta— tendeixen més a definir un comportament moral que no a articular un programa artístic o a examinar uns mecanismes de creació. Un any després, el juliol del 21, donà a "La Revista" un darrer text meitat teòric, meitat confessional. Un text on, a la vegada, defensava d'Avantguarda i la poesia clàssica. "Jo encara no he dit mal d'aquesta poesia que s'anomena clàssica." I exclamava amb contundència: "ara tiro per l'home que diria la gent". Entre aquests dos textos, havia publicat el seu segon llibre líric: *L'irradiador del port i les gavines.* Un llibre amb el qual abandonava a poc a poc l'agressivitat programàtica i amb el qual iniciava, amb seguretat, la recerca d'una poètica personal.

Un llibre dual

El títol indica amb tota precisió la dualitat: maquinisme/realisme intimista i elegíac. Una dualitat, d'altra banda, que reapareix en el contrast que s'estableix tàcitament entre el subtítol i la dedicatòria a Joaquim Sunyer: un noucentista militant. I que uns versos, els que figuren com a lema, intenten de resoldre. "S'estimen a les roques/els irradiadors/amb les gavines boges." En el primer poema, Salvat exposa les seves idees de lluita. El poeta és "l'incendiari de mots d'adolescent" i blasma "els déus a ple vol" i, per tant, "l'arraulit bestiari/tem el fuet del meu cant". De fet, "ha maridat la lluna", és a dir, entre les opcions possibles ha triat la poètica i no la política o la social, però no pot dormir "amb Ella si el filisteu governa els meus domenys". Així, la ruptura/crisi de les *Ondes* esdevé lluita de la joventut contra uns filisteus que bloquegen la plenitud de la creació artística. Abans de tot, un grup de poemes, que cal posar entre els més antics, depuren, o aprofundeixen, algunes de les troballes del primer llibre. "L'absurd" i, amb una forma més moderada, "Esgarip" són una continuació més o menys depurada dels temes d'"Interior". En "Passional al metro (Reflex n.º 1)" i "La femme aux oranges (Reflex n.º 2)", datats a París, insisteix en l'interès per les màquines. En el primer, cobreix una simple escena amorosa amb draperies noucentistes. La ironia sembla prou evident! En el segon, escrit mig en prosa i mig en vers, al·ludeix a la revista de Pierre Albert-Birot i introdueix, en termes més simbòlics que reals, una forma de cançó. De tots aquests poemes, "Marxa nupcial" és el més representatiu. De fet, constitueix una mena de desplegament del darrer vers d'"El record d'una 'Fuga' de Bach":

> Llum de l'IRRADIADOR camaleònic damunt
> l'estrella del Circ encara hexagonal

El poema, que ve a ésser una condensació ampliada —i exacerbada— de totes les seves tècniques anteriors, intenta d'exposar a través de la descripció ràpida i canviant d'una representació de circ la seva filosofia de la vida: el feroç individualisme dels anys de la crisi —"La terra només gira perquè jo sóc un/PALLASSO qui agonitza"—, una actitud de revolta contra la societat establerta i l'art que ha desenrotllat:

Escopiu a la closca
pelada
dels cretins

Aquest home que diu:
—La música de Circ és tan definitiva com no lo va [conèixer
Richard Wagner tanmateix un pompier!

Per a Salvat, com per als futuristes, (el circ o) la vida és acció i dinamisme.

Moure's i projectar-se no existir:
La VIDA al Dinamisme

Com els futuristes, mostra el seu interès per la màquina i la seva oposició radical al passat:

Més m'estimo l' EDISON

i en CHARLOT que s'han tornat bessons per
tal d'entrar en sèrio a la glòria del cel

(car ells són ignorants de que venim d'ahir
d'abans d'ahir de l'altre abans d'ahir
i més d'abans encara)

En aquest paisatge, el poeta obté la seva immortalitat a través de l'amor o, més exactament, de la comunió carnal:

CONNUBI

—i així seré immortal perquè d'aquí ha nascut el meu
JO dins el TOT

Amb tot, alguns poemes prescindeixen, ja, dels propòsits programàtics i posen les formes, o els continguts, al servei d'un realisme de tipus humanístic. La relació noia/en/una/màquina que hem trobat en "Passional al metro (Reflex n.° 1)" i en "La femme aux oranges (Reflex n.° 2)", per exemple, reapareix en "Encara el tram" dins un context meitat realista i meitat intimista. Un altre cas: "Les formigues" és un simple hai-kú, de tema campestre, que és resolt en forma de cal·ligrama. De fet, la forma del hai-kú, introduïda dins la poesia occidental pels volts de la primera guerra mundial, era utilitzada pels ambients més moderats i exotistes de l'Avantguarda francesa. I Josep M. Junoy, de qui, penso, la prengué Salvat, acabava d'incorporar-lo a la poesia catalana en un petit volum compost en francès i català: *Amour et paysage* (1920). Els hai-kús salvatians, agrupats amb el títol general de "Vibracions", que, sens dubte, remet a les teories de Barradas, constitueixen una mena de mostrari d'aquest procés de depuració. En efecte: eliminen d'adherències programàtiques o pessimistes alguns dels temes més típics de les *Ondes*. Així, la pluja i els tramvies: "La pluja rosega el vidre/glaçat.../Quantes molles s'hi deixa!"; "Quin vent que fa,/quina pluja més fina!/—El tram llampega". La domesticitat i la por: "Dins de la nit/alegria en la casa./Tot és la por". Altrament, treballen amb el tema amorós en uns termes que fan pensar, ja, en *La gesta* i *La rosa*: "El gra sagnós de magrana/al teu llavi./Oh, el mossec de la meva besada!"; "Ara el cel és tot blau dins el matí./Només un petit núvol blanc —molt blanc:/una verge s'ha deixat el coixí". El crit d'optimisme simbolitzat per la primavera: "Volves de zèfir/sonorants ones verdes:/la Primavera". I el somni que, a través d'uns mites infantils, intenta de compensar una realitat miserable:

Bru mariner d'amor
de peu dret a la proa:
quina noia no el vol!

Cap a una poètica personal

En general, Salvat inicia, amb aquests poemes, l'obra que amb totes les reticències del cas podríem qualificar de maduresa. En efecte: elabora una forma *naïve* que utilitza amb tota llibertat, però també amb unes grans dosis de moderació, algunes de les tècniques més significatives de l'Avantguarda —juxtaposició d'impressions o de sensacions, fraccionament del vers en escalons successius o simultanis, ús més o menys diluït del *collage* o del cal·ligrama, etc.—; tendeix a sotmetre el vers a un ritme regular, introdueix d'una manera arbitrària o, al contrari, ajustada a uns paradigmes prèviament fixats l'ús de la rima consonant o, amb més freqüència, de l'assonant, etc. I insinua, ja, un cert interès monogràfic per la cançó —com a dada rellevant de la realitat ("Encara el port") o com a dada simbòlica ("Res no és mesquí")— i, en algun cas, fins n'adopta l'aire: "Damunt mon vaixell". Amb aquesta forma, flexible i sovint abrupta i balbucejant, Salvat, cada cop més malalt i, per tant, més isolat del seu context, desencadena un procés de mitificació d'una realitat, la quotidiana, que ha posat la màquina i la creació lliure de la naturalesa l'una al costat de l'altra. Una realitat que té, i no té, a l'abast i que intenta de posseir a través del desig o del record. Així, "Encara el port" i "Diumenge" barregen records personals amb d'altres de literaris més o menys inspirats en Josep M. López-Picó i Joaquim Folguera; "Posta" descriu una vila, Sitges, on havia residit part de l'any 18, i "De dalt de tot del cel" i "Poema sense acabar", un paisatge de muntanya que potser hauríem de remetre a Sant Llorenç de Munt. El títol del darrer i l'optimisme que travessa els dos últims versos —"Quin doll d'aigua a la font/ara que tot és nou perquè la lluna és plena"— fan pensar en un cant d'esperança que neix de la contemplació de la realitat: rural. De fet, els poemes més bells i representatius són descripcions intimistes, a voltes plenes de resignació o d'optimisme, d'altres potser més crítiques, de la realitat urbana. Per a Salvat, "res no és mesquí/ni cap hora és isarda,/ni és fosca la ventura de la nit". En el fons, "tot és primavera". "Els dies no passen", mai "no arriba la mort ni si l'heu demanada" i, "si l'heu demanada", "us dissimula un clot" perquè, com en la naturalesa, "per tornar a néixer necessiteu morir":

Res no és mesquí,
perquè la cançó canta en cada bri de cosa.
—Avui, demà i ahir
s'esfullarà una rosa:
i a la verge més jove li vindrà llet al pit.

En un dels més bells, "Tot l'enyor de demà", Salvat descriu amb detall la summa de realitats mínimes i directes que l'esperen si aconsegueix de deixar el llit de malalt; ara: si no ho aconsegueix, accepta sense recança que d'altres gaudeixin de la vida. De la vida que suposa amb naturalitat un terme final: la mort.

Si no em puc aixecar
mai més,
heus aquí el que m'espera:
—Vosaltres restareu,
per veure el bo que és tot:
i la Vida
i la Mort.

Aquesta realitat, acceptada i canviant, el poeta l'evoca també en els dies de festa. En "Nadal", un dels poemes més justament famosos, descriu la celebració popular de la diada. Una descripció potser més melangiosa que crítica i que, al capdavall, constitueix la confluència d'un costumisme típicament barceloní amb un humanisme despullat, em sembla, de tota connotació religiosa. "Vespreja i neva" evoca la mateixa diada en un ambient de barri que anuncia el prodigi de "Vora el mercat" i que, al meu criteri, conté un pòsit de crítica força més incisiu que el de "Nadal":

Darrera dels meus vidres sento els Reis que s'acosten
Ara el cel s'enrogia
de venjança i d'amor:
pensava en les sabates que embrutaran l'alfombra

Vagament lligat amb aquest context, apareix un tema nou: l'amorós. Hem vist que, en "Marxa nupcial", l'amor constituïa l'única possibilitat de fondre's amb el Tot i, doncs, d'esdevenir immortal. I que, en "Vibracions", l'amor, el cantava en uns termes mítics a meitat de camí de la idealització cortesana i de la realitat tallant. En d'altres poemes, el tema passa de la cortesia convencional a una certa personalització. "Epigrama" celebra amb deixos de cortesia la mateixa Margot de la "Marxa". "Dóna'm la mà", més aviat convencional, insinua, en la tornada, les seves connotacions metafísiques: "tindrem la mida de totes les coses/només en dir-nos que ens seguim amant". "Inici epitalàmic-film", el més programàtic de tots, canta per primera vegada i amb una forma un pèl barroera la possessió d'un cos per l'altre:

La boca a la boca i la parpella closa
El finestró també
I aquella sina d'Ella
                                        com de vellut de seda
I l'omelic amant amb l'omelic fragant
          I aquell plorar primer
                                                      sota l'ombra del sostre
FEU-VOS COIXINS BEN FLONJOS
PER LA LLUNA DE MEL

D'altres poemes, en fi, ja proposen una solució positiva a la desolada relació realitat/fantasia de les *Ondes*. I, així, inicien amb certa timidesa la potenciació de la realitat a través del record i del somni. En "Pantalons llargs", per exemple, canta la pèrdua del paradís infantil. "Ara em mena la gent i tothora tinc justa:/i sóc infant encara, i no puc fer-ne esment". El poeta encara se sent un infant, però el comú de la gent ja li atribueix una joventut que, melangiosament, l'obliga a canviar els símbols del cavall de cartó o del carret de fira per uns altres de més adequats: el de la noia "tant si és bella com no". En "Els tres reis de l'Orient", d'altra banda, el joc de la realitat i la compensació fabuladora és encara molt primari (i diria que amarg); en "Diumenge", insinua, amb melangia, la transformació de la realitat:

El vaporet passeja els bells somnis atlàntics:
          ran dels molls en la calma:

L'home de les taronges passa el carretó ple.

En algun hai-kú i, sobretot, en "Aquell vell mariner" i "Damunt mon vaixell", inicia la sèrie de fantasies marineres o bèl·liques a través de les quals el poeta, desemparat des de petit i malalt des de molt jove, intenta de sublimar les seves frustracions i els seus afanys més íntims:

> Aquell vell mariner,
> ell que sí, que se'n féu quan era jove
> i d'un vaixell que anava a cacera d'estels

LA PLENITUD D'UN POETA

Entre l'optimisme i el mite

Salvat, cada cop més tocat per la malaltia i més decebut dels programes, passà, a partir del 21, llargues temporades en diversos sanatoris de Castella, Andorra i la Catalunya francesa. I, així, afluixà, a poc a poc, els seus lligams amb la realitat i, de manera correlativa, mitificà el seu pòsit de records. Entre l'abril del 21 i el febrer del 23, assajà la poesia patriòtica i, sobretot, dugué a les darreres conseqüències les troballes realitzades en *L'irradiador*. La vida, deia en un pema, "sempre és una festa/una cançó". En efecte: desconnectat i enyorós, tendí, per reacció, a un optimisme exaltat i compensador i, a la vegada, a l'essencialitat més abstracta. "Tot el secret d'aquest meu optimisme", deia el 22 a Josep M. López-Picó, "ve, i de no res més, de què jo he sofert molt. A mida que he pogut lliurar-me de fatics he estimat la vida i les coses del viure com un enamorat de primera volada. I així em teniu avui a un Sanatori, però amb un contentament de les coses que em volten que no en sé parió en el meu record. I dels amics que tinc." "Aquest contentament fins l'he dogmatitzat moltes vegades." I afegeix: "Si veiéssiu quin llibre d'optimisme és el meu llibre nou: és com una cançó. Jo sento *l'endemà* com una meravellosa promesa que m'han fet i que no em neguen mai". En aquesta reclusió optimista i mítica, la lluita, despullada de tot objectiu immediat, o remot, adquireix valor per ella mateixa. "Creure en la guerra perquè és bo el combat"! I, en *La rosa*, el seu millor poema, l'amor esdevé una aventura que troba en ella mateixa la seva justificació.

Un assaig "èpic": "Les conspiracions"

Salvat, el pas de l'internacionalisme de tipus socialista o anarquitzant al nacionalisme més agressiu, l'havia iniciat, ja, en "Un Enemic del Poble", Però fins que no establí contacte directe amb les terres castellanes, en el sanatori de la Fuenfría, no convertí la seva capacitat de lluita poètica en una altra de patriòtica. Una lluita, aquesta, que articula les emocions personals amb una decisió d'incidència pública i que, per tant, prova formes populars o vagament populars —sèries monorrimes en assonant, quartetes i romanços o combinacions d'ambdues més o menys arbitràries— i, més aïlladament, alguna més aviat desinflada d'Avantguarda ("Tornada"). El primer poema, "El somni", constitueix un crit de lluita destinat a sacsejar la gent catalana:

De cara al món altra volta, i firam!
Les gestes nostres no temin la mar:
—qui duu senyera els dofins li fan pas.
Per Catalunya un bell nom voleiant,
de cara al món altra volta, i firam!

De fet, els cinc poemes següents, que narren el viatge d'anada en tren ("El deixondir-se a Castella") i algunes incidències de l'estada al Guadarrama, són un testimoni del xoc dels nacionalismes català/castellà i posen en relleu alguns aspectes negatius d'aquest: "sense senyal d'estimar-se,/¿com mengen tan blanc el pa?", "L'Escorial deixem-los/per trofeu!", "Terra dels Terços petjadors de lleis/que imposaven amb sang llur llei estranya,/ampla és Castella, sepulcre de reis,/malavirança a la Marca d'Espanya", "la veu dels íbers és ronca d'ofec/i ella no els sent: només vol rebolcar-se", etc. En un paisatge com aquest, tan "ferreny i aspre" físicament, i moralment, la dona, "alterosa i ferma", és l'única nota positiva. "Pregó", un dels més programàtics, resumeix en termes molt primaris les idees iberistes que dominaven els medis polítics de l'època:

Pobles de la Ibèria,
i gallecs
        i èuscars!
Castella la Nova
                Castella la Vella
—si ens donem les mans—
si ara ens domenyava
ja no hi tornarà.

El poema que clou el llibre canta amb alegria la "Tornada": "Cel i mar/cel i mar/i la costa plomosa de Garraf/el camp i la muntanya com l'abraç de la mar/—qui deixava Castella no hi voldria tornar". I el vers que el clou és tot un projecte de lluita: "mil sagetes al vent que clamen llibertat".

"La gesta dels estels"

En conjunt, *La gesta* i *La rosa* constitueixen la síntesi més brillant i depurada de les propostes elaborades en *L'irradiador*. Els títols eliminen les referències maquinístiques i, per contra, amplien les simbòliques de la gavina amb d'altres del mateix rang: l'estel o la rosa. "Crítica", un dels primers poemes, estableix una oposició teòrica entre dues realitats, la de la màquina i la de la naturalesa, que resol, al capdavall, a favor de la segona. En efecte: l'enamorada intenta de seduir el poeta amb el paquet d'artilugis que, fins aleshores, aquest havia manejat: una "lampareta de butxaca", un "cosset de vímets d'alumini", unes dents d'"argent viu" (és a dir: de mercuri?). Però, lliure, ja, de programes, el poeta veu els ulls i no la lampareta, les cireres dels pits i no els vímets, ignora el bell parany de les dents i mossega la carn dels llavis. Així, el poeta expressa amb tota decisió la voluntat de trencar amb els designis avantguardistes/maquinístics i, alhora, de cantar una realitat natural i senzilla. I, per tant, més fonda. Hem vist que el tema de la noia/vista/en/una/màquina contenia, en els poemes "Passional en el metro (Reflex n.° 1)" i "La femme aux oranges (Reflex n.° 2)", una forta càrrega programàtica i que, en el poema "Encara el tram", la perdia en part i s'inseria en un context més quotidià. Doncs bé: en "Flor d'ametller", el tema, que s'ha convertit, de fet, en el de la noia/vista/des/de/la/màquina, adquireix una delicada transparència que fa pensar en els millors poemes de *La rosa*:

pètal de galta
                    —quin toc que té
pètal de galta de noia en rosa
aquella noia que hom veu del tren
tota senzilla   de tan cofoia

si no és l'enginy caçador d'aloses
—ningú ho atina ara al gener—

o bé una estesa de roba nova
que es fes la núvia
                    pel maig que ve

o bé una sina
                    —tot de xuclets

En les tres "divises", Salvat exposa els principis que governen el món: el seu. Abans de tot, l'amor i la guerra: "l'estel d'un esguard/i el d'una senyera,/la guerra i l'amar:/la sal de la terra./Al llavi una flor/i l'espasa ferma". En la segona, amplia, en certa mesura, aquesta dualitat: viatjar sempre i, en cada port, estimar "una noia verge", creure en la lluita pel sol goig de lluitar, convertir cada ferida en un poema i, a l'hora de la mort, poder exclamar: "tant estimava que vessava el veire". I, en la tercera, insisteix en els mateixos ideals: cal formar entre "els soldats d'avantguarda", és a dir, entre els qui fan saltar les reixes i mai no reculen. No reculen si no és per cedir davant la glòria d'un primer bes! En un altre poema, "La mort del just", que recull, segons sembla, algunes experiències personals, subratlla tot el devesall de possibilitats que la vida ofereix. Quin munt de diferències no hi ha entre aquesta mena de "cant terrenal" i, per exemple, l'"espiritual" maragallià!

Ja són les mans, com el rostre, tot blanques,
i ara ja parla sense centener,
però diu encara: "—No barreu les tanques
vull dir la vida mentre em quedi alè.

Si no puc dir-la, demano tornar-hi
—que no puc creure en cap cel més serè".

Amb tot, Salvat retingué, més o menys diluïts, molts ingredients d'Avantguarda: la tècnica de la juxtaposició, la supressió de les majúscules o de punts i comes, la ruptura del vers, etc. En aquest sentit, les imatges, que caldria estudiar amb un mínim de detall, són força significatives. En "Bitllet de quinze", per exemple, un infant és com la lletra O:

el nadó és més petit que la mamella d'ella
més petit i més bru:
—tot ell sembla una O
                                        de joguina que riu

O, en "Nocturn", la lluna és un objecte mecanitzat:

—ara el plat de la lluna ha caigut d'un teulat
cèrcol prim de paper:
ha caigut i s'esberla

corre més que no jo si li encercava el pas

s'ha menjat tots els gossos
i ha fet mon ombra enrera

De fet, l'autèntica troballa del llibre consisteix en la fusió d'aquests ingredients amb d'altres trets de la cançó i, més en concret, de la cançó popular. En efecte: Salvat, des del "Record d'una 'Fuga' de Bach", havia utilitzat la cançó com a símbol de l'alegria de viure i, des de *L'irradiador*, n'havia començat a adaptar, cada cop amb més decisió, alguns dels components formals: el ritme, la fraseologia... En *La gesta*, el símbol i la forma constitueixen una perfecta unitat. En la dedicatòria, ja diu: "en el començ començ/fou la cançó primer:/Déu treballant cantava". I, així, imita —val a dir que amb poca fortuna— el romanç: "Sota l'olivera fronda...". O, a vegades, la versió popularitzada per Carner: "L'estel d'un esguard...", "Venedor d'amor", "La casa que vull". O, en fi, en crea una d'absolutament original: "L'enamorat li deia", "Quin dia clar". Alguns poemes, més irregulars de forma, però d'una prodigiosa tensió lírica, tenen el to d'una cançó corística o d'un himne:

Pasqua granada!
                    Alcem el crit:
prenguem la fruita de l'hort veí.
Saltem la tanca que el goig s'ho val,
dalt de les branques
com els pardals.

Sant Joan
            noça i bateig de sang!
Les noies riuen amb llur galant.

Quina vesprada
festa pel cor:
cada abraçada deixarà enyor,
cada besada un infant nou.

Realitat i mite

Així, *La gesta* desenrotlla un realisme que, a la vegada, és intimista i somniador, elegíac i optimista. En "Nocturn" i "Paisatge", per exemple, la lluna transforma els objectes en autèntics fantasmes. En el primer, un carrer urbà es converteix en un desordre de llums i d'ombres; en "Paisatge", "el Pirineu sembla una duna/ perquè la lluna es dóna al vent". En canvi, "Si jo em llevava de bon dematí" i "Quan de bon dematí" constitueixen un cant al lent despertar de la ciutat. En "Vora el mercat", un dels més bells, el poeta descriu *à la manière* d'Apollinaire o de Max Jacob una bigarrada estampa de barri.

el vigilant del meu barri
estava mig perdut per mor de l'opereta

per això és que s'ha casat
amb una noia grassa com una boia plena:

ell treu l'aigua del pou
i és ella qui gemega

vet aquí les veïnes com masteguen llur dèria

diu que s'ha mort la Rosa—
qui l'hi havia de dir tan frescota com era
però ja se li veia que tenia una pena:
no féu res més de bo des de que el seu marit li tustava
[l'esquena
malviatge faci ell!

vet aquí les veïnes com masteguen llur dèria

vol dir que no plourà
—deixi que el que és avui ni sé com tinc la feina

UNA GITANA PRENYS
PORTA VENTURA NEGRA

vet aquí les veïnes com masteguen llur dèria.

Salvat canta també les festes populars més genuïnes o descobreix la permanent alegria de l'amor. En efecte: "Pasqua Granada", "Vetlla, revetlla" i "Passeu pel port" són tres delicades cançons d'amor i de mar. En "Estenies la roba al terrat", "Una bandera blava" i "Quin dia clar", surt, l'enamorada, en un paisatge feiner i casolà però també d'inici de festa: "tu et fas la roba per l'estiu:/color verd-poma és el setí/més la bruseta blau-marí". La joia d'amor, neta i transparent, desemboca en una sèrie de poemes d'una gran bellesa que insinuen, ja, la unió de la carn: "Venedor d'amor", "L'enamorat li deia" i "Mester d'amor". En el darrer, apareix el tema clàssic del "Carpe diem": "deixa't besar/i si et quedava enyor/besa de nou, que la vida és comptada". En "Deu-me una santa", realitza una sacralització de l'amor, a meitat de camí de la literatura i del sentimentalisme descordat, que, amb tot, és la base d'una concepció que intenta de fondre la puresa de la virginitat amb la llibertat de la possessió.

Altrament, Salvat completa la mitificació de la realitat quotidiana amb la del record o la del somni insatisfet. Així, en "Platxèria", evoca un joc infantil amb tot de connotacions amoroses, o desenrotlla, en "Bitllet de quinze", una relació criatura/en/una/màquina que serveix, alhora, per descriure una deliciosa escena real i per reviure el món de la infantesa (alguns dels records figuren, ja, en "Pantalons llargs"):

jo penso en aquell temps
que
anant a cercar pa
em menjava la torna   si-era coca ensucrada

vet aquí que —altre temps—
        jo també era un nadó

de cop me feia gran
        i em duien al fotògraf

—recordeu el retrat on sóc dalt de cavall
            un cavall arrogant
            alt i net
            de cartró:
i era com al cartell de l'Obiols—
aquell que diu:

JA SOU
DE L'ASSOCIACIÓ PROTECTORA
DE L'ENSENYANÇA CATALANA?

Els ideals, els descriu amb tota candidesa. En "La casa que vull", per exemple, en dibuixa un de mig horacià i mig bèl·lic: "que es guaiti ciutat/des de la finestra,/i es sentin els clams/de guerra o de festa:/per ser-hi tot prest/si arriba una gesta". O, en "Sense el ressò del dring", canta la vida lliure i l'odi als diners. En uns poemes prodigiosos, converteix els somnis d'infant/de malalt en mites bèl·lics o mariners i, per tant, amplia la llista d'aventures més o menys fantàstiques que, amb timidesa, havia obert en *L'irradiador*: "El berenar a les roques", "L'home bru ros del port", "Prometença" i "Si jo fos pescador". I, en l'"Estampa japonesa", converteix l'orientalisme formal de les "Vibracions" en un altre de temàtic. Un orientalisme en el qual insistí en els llibres posteriors.

D'altres poemes, en fi, apunten un sentiment religiós més aviat difús i fins contradictori. En efecte: en la dedicatòria, deia que "Déu treballant cantava". En una de les "divises", exclamava: "quan Déu ens cridi poder contestar". "Llegenda" és un poema vagament narratiu de tipus religiós o, més exactament, una mena d'ex-vot d'alta muntanya, sense cap connotació íntima, però amb afirmacions com aquesta: "una Verge tan bella/tan bella/que no sembla del cel,/sinó de pagania". En canvi, el poema que tanca el llibre és una "Pregària" absolutament insòlita:

¿Quin plan teniu, Senyor,
que feu que hom cregui en Vós
en el dolor només?
Jo us oblido el favor,
pobre mesquí que sóc,
per un bocí de pler.
Si em rabejo en el son
i odio el desconsol
i amo l'oblit pervers,
Vós així m'haveu fet!

¿Quin plan teniu, Senyor,
si us dec dolor i pler?

Car el sentit dels seus versos, d'inspiració més o menys maragalliana, no encaixa en el cristianisme anarquitzant dels assaigs de joventut, ni en el costumisme crític de "Nadal" ni en el realisme *tout court* dels poemes posteriors. Ni reapareix en situacions tan angoixants com les del poema "Omega"!

"El poema de La rosa als llavis"

La rosa és l'expressió més pura de la poètica salvatiana. En primer lloc, és un poema unitari. Un poema que, escrit entre el 21 i el 23, consta de trenta-un poemes breus, distribuïts en una introducció i vint seccions, o capítols, d'extensió desigual, que són autònoms i, a la vegada, depenen els uns dels altres. De fet, l'autèntic poema, l'articulen les quinze primeres seccions, amb un total de vint-i-tres poemes. Les seccions I, IV, VI, VII, IX, X, XII i XIV narren la història d'un amor. En "El desig i el convit", el poeta, que fa de mariner i deixa volar la seva grua, contempla com aquesta se li converteix en la imatge d'una enamorada, tanmateix, vaga i anònima. I ho abandona tot quan, la imatge, la identifica amb una noia concreta, que desvetlla al seu voltant un seguit de meravelles:

Perquè has vingut han florit els lilàs
i han dit llur joia
                    envejosa
                                a les roses:

mireu la noia que us guanya l'esclat,
bella i pubilla, i és bruna de rostre.
De tant que és jove enamora al seu pas
—qui no la sap quan le veu s'enamora.

Perquè has vingut ara torno a estimar:
diré el teu nom
i el cantarà l'alosa.

En els negocis d'amor, el poeta és un veritable expert, i l'enamorada, una ingènua novícia. I, així, en "El delerós mester i la florida", li ensenya tot el repertori dels seus coneixements. En la sec. VI, cull amb timidesa els primers fruits i, en la VII, narra una visita secreta a la cambra. Car, en el secret, resideix el seu "Contentament"! En "La penyora en ofrena", canta la tirania del déu d'amor i el defalliment de l'enamorada. I, en les sec. XII i XIV, realitza la "Collita de fruits", és a dir, la possessió de l'un per l'altre. En la primera, l'Amor prepara la cambra. En la segona, es produeix la unió:

Visca l'amor que ella també es delia:
visca l'amor:
la volia i l'he pres.

La narració nua i pelada dels fets, però, té un contrapunt líric: l'alegria del poeta. Una alegria que tradueix en dues sèries independents de poemes. En la primera, formada per les sec. II i XIII, sotmet l'amor a un procés de sacralització. En la segona, formada per les sec. III, V, VIII, XI i XV, estableix una relació entre l'enamorada i la naturalesa i, per tant, intensifica la creació metafòrica. Altrament, la interferència de les diverses sèries és calculada amb tota saviesa. En efecte: les primeres seccions líriques formen, amb la primera narrativa, un bloc perfecte. I les darreres, amb les dues "Collites de fruits", en formen un altre. En l'endemig, les seccions d'imatges 2, 3 i 4 tanquen cada capítol essencial de l'itinerari: l'aprenentatge, la V; els preparatius, la VIII; l'instant del lliurament, la XI. Les sec. XVI-XX són uns autèntics apèndixs, que, en principi, fonen els dos plans: el narratiu i el líric. La XVI, per exemple, constitueix la condemna de l'amant per la totalitat del seu amor. La XVII, la borratxera d'un somni i la lentitud del desvetllament. La XVIII conté una promesa de fidelitat i, per fi, la XIX narra la marxa del poeta. Una marxa realitzada a través d'un laberint de rails que, de fet, simbolitza el de l'amor en el qual resta pres:

rails i més rails
—i més rails
                    i més rails
(la xemeneia fa el seu nom blanc
                              en marxa)
jo resto pres per la xarxa dels rails:
cor i desig com unes mans lligades

(si xiula fort
                    penso que m'ha cridat)
—perquè enyora l'amant
i jo l'amor del cos
          i el de l'amor només de l'estimada

i ara imagino
el seu bes i el seu braç

i és sols l'agulla dels rails
                                        i la màquina

MES RAILS QUE VOLS D'OCELL
LA MATINADA CLARA

El poema que clou el llibre és com una mena d'elegia a la "lonhdan' amor" rudeliana!

En segon lloc, *La rosa* duu a les darreres conseqüències l'articulació teòrica de *La gesta*. Com en "Crítica", trenca amb el món maquinístic, en termes, però, més simbòlics que programàtics. En efecte: en "Deixaré la ciutat", el poeta, per concentrar-se en un amor acabat de néixer, abandona la ciutat i els objectes que la identifiquen. El port, la barca, el voltàmetre, l'autòmnibus, l'avió, la stylo... Així, el poema opera amb els mateixos principis i els sotmet, alhora, a un procés de simbolització que, per dir-ho d'alguna manera, converteix la forma en un component més del contingut. Amb la cançó, per exemple, tradueix l'estat d'optimisme i l'alegria de viure, i, amb la corranda, la melangia de la separació. En "La carn fa sang", una cançó bàquica, l'orientalisme simbolitza el somni i la fantasia. Una bona part de poemes, que manipulen amb cautela ingredients tradicionals —mesura del vers, recursos fònics— amb d'altres d'Avantguarda —trencament del vers—, són autèntics madrigals, que compten, sens dubte, entre els més bells de la llengua catalana:

Sota el meu llavi el seu, com el foc i la brasa,
la seda dels seus rulls com el pecat més dolç
—i l'espatlla ben nua
                                        ben blanca

l'ombra corba
incitant
de l'esguard:

encara un altre bes
un altre
un altre

—quin perfum de magnòlia el seu pit odorant!

En dos casos, Salvat aïlla el poema amb uns parèntesis. Els dos, en el fons, objectiven, amb una forma de hai-kú, el poder de l'amor i, gràcies als parèntesis, resten, a la vegada, dins i fora de la història. A més, els dos estableixen una clara oposició entre la forma oriental i un contingut estrictament popular (el segon, en la línia mítica de lladres i corsaris iniciada en *L'irradiador*). En certa mesura, el tipus de lletra i el color de la tinta exerceixen una funció simbòlica. En efecte: el tipus de la lletra, distint a l'utilitzat en el cos de l'obra, vincula d'una manera explícita el hai-kú que l'inaugura i la corranda que el tanca. En el darrer vers de la "Carte-Lettre", les lletres negretes en majúscula indiquen amb intenció el final, almenys, de l'aventura. En general, el color de la tinta té una funció eminentment decorativa. Així, la portada és impresa a dues tintes: negra i vermella. I, en cada secció, el títol, destacat en una portadella, és en vermell, mentre que els poemes són en tinta normal: negra. En els cal·ligrames, en canvi, el color té una funció indubtablement simbòlica. Abans de tot, la forma, insòlita en ella mateixa i també en el conjunt del llibre, formalitza amb malícia l'estat extrem d'entusiasme que viu el poeta i el món de fantasia que li desvetlla. En segon lloc, Salvat estableix una sèrie d'oposicions entre forma i contingut. En "Jaculatòria", la forma agressiva del cal·ligrama i l'erotisme del contingut contrasten amb el gènere religiós que indica el títol. En "Resa una noia en mon batell", la forma alambinada del cal·ligrama contrasta amb la pregària popular del contingut. Per últim, els cal·ligrames són els únics poemes no impresos en tinta negra. En el primer, la tinta és vermella i, doncs, s'ajusta a la imatgeria eròtica: rosa, carn, sang... En "Resa una noia en mon batell", la tinta és blava i, doncs, s'ajusta al contingut mariner: port, vaixell, pals, banderoles... Així, l'estat d'exaltació del poeta obté una perfecta traducció en termes visuals!

Una història d'amor

La rosa, que culmina el procés encetat en les *Ondes*, constitueix una barreja original —i incisiva— de materials realistes i litúrgics. "No compta la poesia catalana, moderna", diu Joan Teixidor,[3] "amb cap poema d'amor que deixi tan al descobert intimitats eròtiques i doni al mateix temps una impressió tan extraordinària de netedat." I afegeix: "amor reduït a la seva significació més estricta i que menysprea, potser millor desconeix, alambicaments. Línia sense ziga-zaga ni dubte, seguretat divinal, i àdhuc la impossibilitat divinal del dolor. Home alliberat de no sé quin malefici; instant de victòria i la joia esplèndida com a premi d'una immarcescible puresa". En un principi, l'amor havia estat l'únic camí d'accés al Tot i, doncs, a la Immortalitat. Un camí que,

3. Joan Teixidor, *Joan Salvat-Papasseit*, "Revista de Catalunya", núm. 80 (1934), p. 339.

a poc a poc, s'havia convertit en una realitat quotidiana o en un projecte mig cortesà, mig litúrgic:

> Deu-me una santa, enc que no sigui al dogma,
> a qui pugui pregar: *Jo pecador d'amor*;
> deu-me una santa que hagi estimat força,
> que per pregar-li calgui un bes i una cançó.

En *La rosa*, Salvat desenrotlla una teoria de l'amor que recull, i potencia, alguns materials vells i d'altres de nous i que, per tant, aspira a la totalitat. En primer lloc, la història és realista en dos sentits: elimina tota mena de component moral o intel·lectual i redueix l'amor als límits d'un exercici lliure i espontani de la carn. ¿Es tracta d'una aventura real o, al contrari, d'una aventura imaginària que condensa, o no, un seguit d'aventures reals?[4] De fet, és una història articulada sense cap referència precisa de tipus geogràfic, cronològic o personal. El protagonista, en un moment donat, diu: "perquè has

4. El 1922, diu Ricard Salvat, en el sanatori de les Escaldes, "conocerá a una mujer llamada Margot, quien va a darle una nueva dimensión del amor. Sobre esta historia, verdadera según todas opiniones, ha caído un beato silencio que llega a ser casi ridículo, sobre todo cuando Joan Salvat-Papasseit no tiene familia directa de ninguna clase. Esta experiencia se concretará en los bellísimos poemas incluidos en *La rosa als llavis*, que reúne algunos de los momentos más conseguidos de la poesía amorosa de toda la literatura catalana" (Ricard Salvat, *En torno a "Humo de fábrica" y a Joan Salvat-Papasseit*, dins *Humo de fábrica*, Galba Edicions, Barcelona, 1977, p. XXX). En tot cas, cal tenir en compte: 1) el nom de Margot apareix, sense cap connotació íntima, en dos dels poemes més vells de *L'irradiador* (escrit en 1919-21): "Marxa nupcial" i "Epigrama"; 2) els poemes "Mocador d'olor" i "Perquè és alta i esvelta" havien aparegut, el 1921, a la revista "Proa".

vingut ara torno a estimar". Les poques referències computables situen l'aventura en un present indeterminat i en terres franceses, més concretament, del *Midi*, on, entre el 1922 i el 1923, el poeta havia passat llargues temporades de repòs. En efecte: el paisatge del cal·ligrama II és el de Marsella i, més, el del port de Marsella, i, de manera significativa, el penúltim poema és una "Carte-Lettre". ¿Caldria imaginar que el port del poema inaugural és també el marsellès i, amb més versemblança, que la serra de la "Tanca" és el Pirineu? Altrament, la història, a la vegada realista i abstracta, el poeta la planteja en forma de diàleg. Un diàleg del qual només dóna, tanmateix, una veu, la masculina, i que redueix l'altra a una simple funció de contrast però que, al capdavall, confereix al conjunt una prodigiosa aparença de moviment i de clarobscur. En segon lloc, l'amor, l'entén, el poeta, com una autèntica religió. Una religió sense culpes ni càstigs que, amb tota llibertat, barreja ingredients de la mitologia clàssica —Cupidell— amb d'altres trets de la cortesia medieval —presó d'amor: "sóc presoner/que la vull presonera"— i amb d'altres, en fi, trets de la tradició cristiana popular: jaculatòries (cal·ligrama I), ex-vots (cal·ligrama II), etc. En l'amor, els homes i els déus coincideixen:

> Botons de foc al cor
> la fiblada d'amor —
> però els déus s'hi tatuaven.

El fet d'estimar es converteix en una mena de culte, en el qual l'enamorat exerceix les funcions de creient/sacerdot i l'enamorada és, alhora, un "sagrari de carn" i una novícia. Així, el poema és la història d'una iniciació o, més en concret, la de l'oposició entre l'astúcia del mestre i la innocència de l'enamorada. Una oposició que ha de defensar el seu secret contra la insídia dels ignorants o dels espies, que prepara, amb detallisme, l'escenografia de la darrera lliçó i que, al capdavall, acaba amb l'entrada de la novícia en el regne de la ciència. I, per últim, l'amor o, amb més exactitud, l'enamorada és per a l'enamorat una/la font de creació: "tan fina és Ella que em dicta el vers". La creació, el poeta la dirigeix a expressar el seu estat d'emoció, més, d'exaltació. Els cal·ligrames deixen en llibertat tots els rius de la seva fantasia. I, en la sèrie d'"Imatges", elabora un sistema de comparacions i de símbols d'abast essencialment floral: lilàs, roses, roselles, magnòlies, englantines... Un sistema, aquest, que l'assetja amb malícia un altre d'abast maquinístic. D'aquí que, les màquines, les abandoni tot just en "Deixaré la ciutat" i que no les recuperi fins que l'amor s'ha consumat ("Rails i més rails"). En l'endemig, els artefactes de la vida industrial apareixen rarament i, encara, amb summa delicadesa: "les xicres blanques dels pals de telègraf", el cos femení "com un fanal que em feria la cara", la fidelitat com la del "rat-penat/que viu esclau al voltant de la nitra"...

ELS DARRERS POEMES

"*Óssa menor*"

Tanca amb un cert desordre tot el procés salvatià. De fet, és una mena de magatzem que recull una colla de poemes de diverses èpoques o, almenys, de diversa intenció. En "Romàntica", per exemple, Salvat oposa amb ironia un contingut paradigmàtic —un nocturn mariner, amb la lluna clavada al firmament i els udols dels gossos perseguint-la— a una forma d'Avantguarda, el cal·ligrama, que ha despullat de tota ambició programàtica. "Batzec", si la Carme que treu l'aigua del pou és la muller, oposa una forma cal·ligramàtica més o menys desinflada a un contingut estrictament madrigalesc. "Minvant", també de tema lunar, posa en joc alguns ingredients, ja esvaïts, d'Avantguarda. Amb tot, el llibre treballa, en general, amb els models fixats en *La gesta* o en *La rosa*. En "Tarda d'istiu", un autèntic cant horacià, oposa la vida reposada a la dels qui, enriquits per la guerra, viatgen a l'atzar. Entre les riqueses de la primera, hi ha el llibre, el doll de la font, el berenar estès damunt la gespa. I l'amiga!

I si tenies un llibre a la vora
—modern o antic
que si és bo tant li fa—
i una fontana que ragés tothora,
i com tu
          a terra
                    estès el berenar,
tota ambició donaries de grat.

Oh, aquell qui té fins l'amiga al costat.

En termes teòrics, cal subratllar que, per a l'antic lluitador, el llibre, "si és bo", ja "tant li fa" que sigui "modern o antic". I que, per obtenir aquesta "aurea mediocritas", fins és capaç de renunciar al seu cant:

Veus, jo ara et dono mon cant
regalat.

Així, "Vileta d'Arles diumenge a la tarda" cull l'encís meitat urbà, meitat camperol d'una vila de muntanya. En "Pesombre", en canvi, somia la ciutat des del camp. En "Pronòstic ciutadà", substitueix la forma exultant de la cançó per la més grisa, encotillada de López-Picó, don Josep Maria. "L'ofici que més m'agrada", un dels grans poemes de Salvat, constitueix un cant als oficis manuals: fusters, manyans, calafatadors, pintors, paletes... En principi, els poemes d'amor insisteixen en les clàusules ja definides, a vegades, ranejant el prodigi. "Juny" i "Epitalami d'unes noces de maig" barregen el tema de la nit de Sant Joan amb el de l'amor. "Arquer d'amor" és una deliciosa cançó eròtica, un si és no és *à la manière* carneriana. En "Ballet", tradueix un erotisme descabellat que, en certa mesura, remet a "Rails i més rails":

Així com una anguila quan és presa
s'esmuny la meva amada a ma follia:
—però el seu llavi és vermell
com el llum que duu el tren
i el banderol
                    i el disc
                                        i el senyal de la via:
així com una anguila quan és presa
son cabell
                com l'instint
                                        cau damunt la carn viva.

En "Novella", un poema narratiu semblant a d'altres de *La gesta*, enumera alguns temes essencials de *La rosa*, sobretot, en la part III. I utilitza, curiosament, un tipus d'imatge narrativa consagrada per Ausiàs March o pel primer Riba: "tal com el nauxer qui es desvia/perquè ha perdut l'estoig dels vents/i és a una estrella que es confia/—més a la sort que no a la ment—/així era jo vora l'amiga/de turment". En "La meva amiga com un vaixell blanc", d'altra banda, conflueixen alguns dels aspectes més significatius de Salvat. En efecte: el poema descriu, a través d'uns breus subratllats narratius i d'un diàleg ple d'inflexions, la unió amorosa de dos cossos innocents. Per a l'enamorada, de la possessió del seu cos ha de néixer la sublimació del cant:

—¿Què més voldràs, si el meu cos que et guardava
ara ja és teu, i elevarà el teu cant?—

Però el poeta, que tendeix a compensar amb aventures imaginàries l'experiència amarga de la realitat, deixa entreveure el seu destí. Així, l'enamorada, amb una barreja de por i de seguretat, li demana: "quan corris món, el meu nom ¿què et dirà?". I ell contesta: "no et deixaré/et diré el nom d'amiga./La meva amiga: com un vaixell blanc". El tema de la sublimació a través d'aventures marineres, encetat en *L'irradiador*, apareix en un sol i bellíssim poema: "Ara no es fa, pro jo encara ho faria". I el món dels records és objecte, en "Nocturn per a acordió", d'una de les elaboracions més intenses i angoixants:

(Vosaltres no sabeu
                                        què és
                                                        guardar fusta al moll:
però jo he vist la pluja
a barrals
sobre els bots,

i dessota els taulons arraulir-se el preu fet de l'angoixa;
sota els flandes
i els melis,
sota els cedres sagrats.

Amb tot, en aquest panorama més o menys repetitiu, apareix un tema nou, el de l'angoixa de la mort, que, en certa manera, sembla presidir-lo. "Omega", és a dir, final d'etapa, és un amarg lament. "L'hora floreix", diu, "la noia es deleix", però "l'hora passa/dansa que dansa". Car el rellotge "té un panteix/sageta d'or i plom a la vegada". El cor és "com l'esponja espremuda" "que raja d'escreix" ("algú emborratxa/amagat/les agulles"). On resideix l'amiga, el temps passa volant: "com l'aigua de neu". Però, "a prop meu", el minut "cau com l'espurna/ferida". En aquest sentit, cal remarcar l'aparició d'un gènere nou: el del proverbi. El primer és d'abast estrictament moral:

Si escoltes el teu fons seràs content de viure:
hi ha marge per fer el bé
hi ha marge per fer el mal
—si la rancúnia et mou et vagarà d'occiure
(però el bo és com el somrís de l'aigua a la canal.

El segon, però, que figura cap al final del llibre, és prou revelador:

Així la rosa enduta pel torrent,
així l'espurna de mimosa al vent,
la teva vida, sota el firmament.

Poemes dispersos

En apèndix, reuneixo alguns poemes que, de fet, són simples provatures. En principi, els de tema amorós són desmaiats, mecànics. Els autobiogràfics, tot i les vacil·lacions, tenen un cert interès, almenys, documental. "Missenyora la Mort" i "És tot fosc i jo al llit" recullen, amb una elaboració literària més aviat escassa, les experiències d'un moment crític de la malaltia: el dels darrers mesos de l'any 18. I, amb "Omega", són, així, un cas insòlit en tota la producció salvatiana. En "El bell assoliment", el poeta fa l'inventari de les raons que justifiquen el seu optimisme: els amics i la família, amb la corona, aquesta, d'un primer fill acabat de néixer. Quina visió tan primària, tanmateix! En "Quan sóc a casa", descriu una escena domèstica que, en certs aspectes, fa pensar en un dels seus llibres més bells: *Els nens de la meva escala*. En conjunt, els poemes de tema patriòtic són els més incisius. La "Cançó futura" constitueix un cant de lluita precís i agressiu: "duem estrella i penó barrat". I "Les gorges", escrit poc abans de morir, amplia la temàtica peninsular amb la de més enllà del Pirineu:

A Sant Martí del Canigó
la veu ressona que us esglaia.
Diu: Catalunya!
        i la remor
sempre contesta:
Esclava a Espanya.
Si prens coratge
        els ulls al cel
i alces el braç — gest de venjança,

a Sant Martí sents una veu
i a cau d'orella:
També a França.[5]

CONCLUSIONS

De fet, l'obra de Salvat, segura i balbucejant, és el resultat d'una forta tensió entre el poeta i la realitat. I entre aquesta i les diverses ideologies programades. En un principi, la tensió, la plantejà en termes rigorosament regeneracionistes. Cap al final del 17, la ruptura ideològica començà a potenciar-la amb una altra de formal, d'inspiració més o menys futurista. I, a poc a poc, la distància oberta entre els programes i la realitat i, d'altra banda, la malaltia que, de manera progressiva, l'aïllava en un món d'insuficiències/records convertiren, programes i realitat, en una elegia i, al capdavall, en un mite. En els llibres de maduresa, les angulositats programàtiques desapareixen del tot i els poemes són,

5. Tomàs Garcés atribueix a Salvat aquesta quarteta que, diu, figura, "escrita en llapis", "al darrera d'un retall de crítica":

Ara que és Pasqua florida
tinc més il·lusions que mai:
no sé la mirada trista
ni el somriure que duu engany.

Cf. Tomàs Garcés, *Esbós per a una biografia de Joan Salvat-Papasseit,* dins *Sobre Salvat-Papasseit i altres escrits,* Selecta, Barcelona, 1972, p. 22. — Altrament, ja a punt de sortir aquest volum, Joan Crexell ha atribuït a Salvat uns poemes anònims apareguts a "L'Estat Català" ("Serra d'Or", XX, pp. 103-105); sobre l'atribució, cf. la meva "Lletra de batalla", a la mateixa revista.

així, fruit, a la vegada, d'una pràctica original i d'un procés d'essencialització mítica. Una pràctica que refon en termes *naïfs* algunes de les propostes més genuïnes de l'Avantguarda pre-dadaista amb d'altres procedents d'un model de cançó culta/popular. Un procés que, en conjunt, dirigeix tots els seus moviments cap a tres objectius: la descripció intimista de la realitat quotidiana, l'amor com a font de plaer/creació i, *last but not least*, l'afirmació polèmica d'un país: Catalunya. I, com a complement, o contrapunt, ofereix dues fugides cap al món del record o del somni, més exactament, de la transformació de les insuficiències/records en un lligat d'aventures fantàstiques. En definitiva, l'obra de Salvat, ingenuista i maliciosa, constitueix una de les aportacions més pures —i incisives— a la poesia contemporània.

JOAQUIM MOLAS

B., 29/VIII a 5/IX.

CRONOLOGIA

1894

16 de maig, a les sis de la tarda: Neix a Barcelona, al carrer d'Urgell, núm. 93, segons pis. La seva família era oriünda del Camp de Tarragona o, almenys, de les comarques veïnes. Els avis paterns, Josep Salvat i Josefa Solanas, havien nascut, respectivament, a Reus i a la Selva del Camp; els avis materns, Manuel Papaceit i Francesca Orovich, a Miravet d'Ebre i al Pla de Cabra. Els pares, Joan i Elvira, havien nascut, ja, a Barcelona, a la barriada de Sants. Joan Salvat Solanas era fogoner d'ofici i, segons que sembla, no sabia de lletra (almenys, consta, en la partida de naixement del poeta, que un dels testimonis signà "por el declarante [és a dir: el pare] que no sabe"). "Pocs dies després", diu en unes notes autobiogràfiques, "era batejat a la parròquia de Santa Madrona, dins una tarda tempestuosa d'aigua com una obstinació. Aquell dia, a Montjuïc, posaven en capella uns condemnats a mort. La ciutat, arraulida i poruga, no tenia respir. En fer-me cristià, el capellà va dir-los, als qui em duien: 'Nat amb aigua obstinada, morirà amb foc potser...'. Aquesta predicció mai no ha tingut tranquil·la la meva pobra mare."[1]

1. Trec aquestes notícies d'una còpia de la partida de naixement

1901

15/16 de juliol: El pare, que anava embarcat en un vapor, el "Montevideo", propietat de la Companyia Transatlàntica, morí d'accident en alta mar, en ple trajecte Barcelona-Cádiz. "En un despacho de Cádiz se dice lo siguiente: procedente del puerto de Barcelona ha llegado el 'Montevideo'. El fogonero Juan Salvat, que había embarcado en Barcelona, sufrió un accidente haciendo guardia, cayendo sobre las planchas del horno. El infeliz pereció abrasado" ("La Publicidad", 17/VII/1901).

1901-1906

Resideix a l'"Asilo Naval Español", "instal·lat, de primer, a la corbeta 'Mazarredo', després a la 'Consuelo', i més tard a la 'Tornado', al port de Barcelona".[1bis]

c. 1906

Sent una vaga inclinació religiosa. "Als dotze anys", diu en les notes autobiogràfiques ja citades, "jo era pur com no pot repetir-se, i el meu destí l'Església."

---

de Joan Salvat-Papasseit, expedida el 5/III/1976. — Sembla que la partida de baptisme ha desaparegut; en l'expedient matrimonial, que figura a l'Arxiu Diocesà de Barcelona, consta que els pares havien nascut a la barriada de Sants i que el poeta havia estat batejat el dia 20 de maig. — Dono les gràcies a l'amic Ramon Piñol i Torrents, que m'ha ajudat en la recerca dels papers administratius que utilitzo en aquesta cronologia. — Per a les notes autobiogràfiques, cf. Joan Teixidor, "RdeC", núm. 80 (1934), p. 317.

1bis. Joan Alavedra, *Salvat-Papasseit*, dins *El fet del dia d'ahir i d'avui*, Selecta, Barcelona, 1970, p. 202.

c. 1907

Entra d'aprenent d'adroguer i, més endavant, en un taller d'escultura religiosa.[2] "L'ofici era interessant", diu Emili Eroles, "però a l'amic Salvat no el seduïa gaire. Ell creia que aviat podria executar algunes talles, però en veure que passava el temps i ell només havia de tenir cura de l'aiguacuit, enganxar fusta i fer alguns adobs sense importància, aviat va perdre les ganes de continuar i la seva vocació de tallista es va esfumar com per encantament. Llavors, instintivament, agafant els papers que sempre portava a la butxaca per dibuixar, començà a escriure coses incoherents, deslligades, amb un estil sec, malforjat i cantellut, que fou sempre la tònica característica de la seva prosa."[3]

1911

Viu al carrer Gignàs, "en una escala mal il·luminada, bruta, plena de crits i de criatures" (Alavedra, *op. cit.*, p. 210).

Cap al final de l'any, coneix Emili Eroles, que regentava una parada de llibres vells al mercat de Santa

2. El taller era, segons Eroles, al carrer de Casanova; segons Carme Eleuterio, al carrer de Muntaner i, segons Alavedra, Garcés i Teixidor, al carrer d'Aribau. Cf. Emili Eroles, "Centro Comarcal Leridano. Boletín Interior Informativo", núm. 47 (1962), p. 13; Joan Alavedra, *op. cit.*, p. 211; Tomàs Garcés, *Paisatges i lectures*, Barcelona, 1926, p. 130, i *Sobre Salvat-Papasseit i altres escrits*, Barcelona, 1972, pp. 8-9; Teixidor, art. cit., p. 316. — Segons sembla, Salvat assistí "a Llotja, a la classe d'escultura d'en Foxà" (Alavedra, *op. cit.*, p. 211).

3. Eroles, art. cit., p. 13. — El 1917, Salvat encara era, per a Antoni Palau i Dolcet, un "jove escultor" (cf. *Memòries d'un llibreter català*, Barcelona, 1935, p. 334).

Madrona. Al voltant de la parada, es constituí una mena de tertúlia, els membres més assidus de la qual eren, a més d'Eroles i Salvat, Antoni Palau i Joan Alavedra.

Amb els seus amics, freqüenta l'Ateneu Enciclopèdic Popular i funda el Grup Antiflamenquista Pro-Cultura. "Amb Enric Palau", diu Alavedra, "jo havia estat el seu company en el 'Grup Antiflamenquista Pro-Cultura' —'cultura'!, quin nom màgic per a Salvat!— i havia provocat el seu primer escrit en la notra llengua. 'Escolta, català...!', comença el Manifest que ell va escriure, i que, després, de nits, enganxàrem d'amagat per les parets de Barcelona. Junts havíem rebut Eugeni Noel i havíem anat a veure Eugeni d'Ors, el doctor Martí i Julià, Anselm Lorenzo, Josep Comaposada, Marcel·lí Domingo, per a demanar-los escrits, adreçats als seus amics, combatent les curses de braus. Un diumenge a la tarda, impresos en fulls, anàrem a tirar-los a grapats en plena Plaça de les Arenes" (Alavedra, *op. cit.*, pp. 211-212).

c. 1912

Inicia un llarg festeig amb Carme Eleuterio i Ferrer, "moreneta i prima / que sembla un palmó". El pare de la noia, Eusebi, havia nascut a Barcelona, i la mare, Teresa, era del mateix poble que l'àvia materna de Salvat: el Pla de Cabra.

1913-1914

La tertúlia de Santa Madrona es trasllada al carrer de Sant Pau, on el famós bibliògraf Antoni Palau i Dolcet, pare d'un dels contertulians, tenia una llibreria.

Durant el curs acadèmic, assisteix, amb Alavedra, a les classes del Dr. Jordi Rubió, als Estudis Universitaris Catalans.

c. 1913

Coneix, a través de Joan Alavedra, Daniel Cardona, amb el qual lligà una gran amistat i que l'introduí en els medis separatistes.[4]

1914

Inicia una etapa de bohèmia més o menys negra i de lluita político-social.

Entra de redactor a la revista "Los Miserables", inspirada per Àngel Samblancat. Aleshores, tenia, diu un amic seu, "vint anys i desconeixia en absolut tota mena de problemes de les classes treballadores, però era intel·ligent i tenia un estil cantellut". I afegeix: "estava emmetzinat pels llibres de Gorki i per això va adoptar el pseudònim de Gorkiano, que com alguns saben vol dir amarg".[5]

Freqüenta el Bar del Centro, situat a la Rambla del Mig, costat per costat de la Llibreria Francesa. En aquest bar, es reunia la redacció de "Los Miserables" i, segons Jaume Passarell, "fou el primer cabaret —és un dir— de Barcelona on es ballaren tangos i s'ensumà cocaïna. De vegades la 'cocaïna' era àcid bòric, però també feia efecte. El bar, a peu pla, i el cabaret, al soterrani, que era humit i feia tuf de romàtic".[6] "Al fons del bar hi

4. La família Cardona conserva una fotografia de Salvat amb el líder separatista datada el 30/III/1913. — Dono les gràcies al Sr. D. Cardona, què, amb tota gentilesa, m'ha deixat veure aquesta, i d'altres fotografies, i m'ha explicat moltes coses del seu pare i de Salvat.

5. Emili Eroles, *Memòries d'un llibre vell (Cent anys de la vida d'un llibre)*, Barcelona, 1971, p. 144.

6. Jaume Passarell, *Homes i coses de la Barcelona d'abans*, Barcelona, 1968, p. 242.

havia una rebotiga, on, com tot establiment del ram que s'estimés, hi havia la tradicional 'pastera'. Aleshores el set-i-mig era permès i es jugava fins a les cinc o les sis de la matinada."[7] Entre els clients habituals, hi havia, a més de putes, enllustrabotes i toreros fracassats, alguns escriptors i periodistes: Manuel Fontdevila, Lluís Capdevila, Amichatis, Emili Eroles, Lluís Elias, etc. I "en Sugranyes, futur *produceur de revues* al Paral·lel i aleshores torero, per bé que emmetzinat ja de literatures" (Passarell, I, p. 243).

Cap a la meitat de l'any, entra a les Joventuts Socialistes. "Yo que dudaba entonces entre el colectivismo y el individualismo, ingresé por primera vez en un partido, afiliándome a la Juventud Socialista Barcelonesa. Con mi decisión esperaba significar tanto como una profesión de fe, una estridencia, si cabe, contra la estúpida guerra civil desencadenada en Europa" (*Humo de fábrica*, p. 102).

Agost: Comença a col·laborar en el setmanari "La Justicia Social. Órgano del Partido Socialista Obrero (Federación catalana)", de Reus.

1915-1916

Durant cinc o sis mesos, treballa al moll, de vigilant nocturn. "Vosaltres no sabeu/què és/guardar fusta al moll", diu en un poema famós d'*Óssa menor*. "Però totes les mans de tots els trinxeraires/com una farandola/feien un jurament al redós del meu foc./I era com un miracle/que estirava les mans que eren balbes."

7. Eroles, *op. cit.*, p. 147.

1916

1 de gener: Publica el manifest *Hermanos oprimidos, salud*, sota els auspicis de les Joventuts Socialistes, de Barcelona.

Març: És condemnat a dos mesos i un dia de presó per un dels seus articles publicats a "Los Miserables": *Un pueblo, Portugal*, 28/V/1915 (cf. "Los Miserables", 7/III).

Publica diversos articles en català a la revista "Sabadell Federal". "És clar", diu, "que hi ha Nacions —entitats naturals—, quina vida és migrada per culpa de l'Estat, però el Nacionalisme (des del meu punt d'obir abans que tot marxista) no admet acceptació com a problema. El problema cabdal per a la Humanitat, damunt de tot problema, és el del productor."

6 de maig: Comença a publicar en castellà les *Glosas de un socialista*, com a fulletó de "Sabadell Federal". Les signa amb el pseudònim de "Gorkiano" i, al capdavall, les deixa inacabades.

Probablement, cap al final de l'any, coneix, a través d'un amic comú, Emili Badiella, el pintor Joaquim Torres-Garcia. Les relacions entre el poeta i el pintor, iniciades en un moment crucial per als dos, foren intenses i decisives, almenys, per al primer. "Nosaltres l'estimem", diu en el núm. 4 d'"Un Enemic del Poble", "perquè hem viscut amb ell hores de reflexió ben profitoses". En efecte: Torres-Garcia, pel febrer del 17, féu una exposició a les Galeries Dalmau, on obria, amb decisió, el seu pas del classicisme noucentista al maquinisme d'inspiració futurista. Un pas que, el dia 22, justificà amb una conferència d'abast teòric i que coincidí amb l'arribada a Barcelona d'un altre pintor uruguaià,

Rafael Barradas, que defensava els principis teòrics del Futurisme i que cantava les excel·lències de la màquina. Les seves idees, les havia batejades amb un nom genèric: el. de "vibracionisme". Torres-Garcia i, més esporàdicament, Barradas col·laboraren en "Un Enemic del Poble" i en "Arc-Voltaic" i, a més, feren algunes caricatures del poeta i il·lustraren els seus primers llibres. Altrament, Salvat edità dues obres teòriques del primer.

1917

Gràcies a Xènius, "l'antic aprenent d'escultor fou presentat a Santiago Segura, propietari del Faianç Català, que li donà treball. Salvat Papasseit, una temporada, al soterrani de 'La Pinacoteca' (Granvia, 644), gairebé davant per davant del 'Faianç' i per compte d'en Segura, que tenia també interessos a l'establiment veí, es dedicà a la restauració de caixes de núvia, ornament en aquells anys de tants de pisos burgesos. Quan el senyor Segura del 'Faianç' i el senyor Esmatjes de 'La Pinacoteca' crearen les 'Galeries Laietanes' hom pogué finalment donar a Salvat una ocupació escaient: la direcció de la secció de llibreria".[8]

Març: Apareix el primer número de la revista "Un Enemic del Poble. Fulla de subversió espiritual". (Sobre el seu finançament, cf. Eroles, *Memòries*, pp. 160-161.)

Març: Comença a publicar els *Mots-propis,* una sèrie de 118 aforismes ("Un Enemic del Poble", núm. 1). En conjunt, els *Mots*, que tradueixen amb vivesa els atzars d'una crisi personal, havien de constituir un llibre

8. Tomàs Garcés, *Esbós per a una biografia de Joan Salvat-Papasseit,* dins *Sobre Salvat-Papasseit i altres escrits*, Selecta, Barcelona, 1972, pp. 13-14.

que, segons una carta adreçada a Pompeu Gener, el 21/VII/1918, ja "té a les caixes per sortir en un tomo el mes que ve". "Penso", diu al popular filòsof, "que hi veureu quelcom de lo que en veritat jo pugui arribar a fer, amb temps i estudis. De totes maneres, no és poc segurament el que a 24 anys ja hagi publicat un llibre en castellà i un altre en català", és a dir, el que anuncia en premsa.[9] El llibre, tanmateix, no veié mai la llum pública. El 1919, en el núm. 17 d'"Un Enemic", aparegué un projecte de portada, dissenyat per Torres-Garcia i datat l'any 18. I, en el núm. 18, aparegueren els darrers aforismes i el pròleg que, per a tots ells, havia escrit Josep M. de Sucre.

Abril: Comença a col·laborar a la revista "Vell i Nou", dirigida per Romà Jori.

Novembre: Salvat, que ja es troba ben lluny del socialisme, professa un individualisme de tipus nietzscheà i vagament anarquista. "No sóc un programa, sinó una realitat, una forma tangible primer que no una imatge", diu en unes notes autobiogràfiques publicades en el número 7 d'"Un Enemic del Poble". "Jo no prometo res. Només camino." "Jo no sé el que em proposo", continua. "El tenir un propòsit no és fer feina. Val més ésser gosat. Ara sols prenc esment de les coses eternes per damunt de les lluites que són materials. M'he adonat de que jo sóc una part de Déu, i que així em perteneix tota cosa que és feta. Cada u que esguarda enlaire és una part de Déu. Tan sols hi ha una ambició que és plena de grandesa: la de voler anar a la vanguàrdia sempre entre els intel·ligents i entre els gosats. Jo sóc, doncs,

9. Cf. Joan Ainaud,. *Salvat-Papasseit i Pompeu Gener*, "Serra d'Or", V: 3 (1963), p. 37.

posseït per aquesta ambició." I conclou: "ja no vull allistar-me sota de cap bandera. Són el ver distintiu de les grans opressions. Àdhuc el Socialisme n'és una nova forma, d'opressió, perquè és un estat nou seguidor de l'Estat. Seré ara el glosador de la divina Acràcia, de l'Acràcia impossible en la vida del homes, que no senten desig d'una Era millor".

Desembre: Apareix el primer poema: "Columna vertebral: Sageta de foc" ("Un Enemic del Poble", número 9). Amb ell, intenta de lligar l'agressivitat del contingut amb la de la forma, plantejada, aquesta, en termes decididament futuristes.

1918

Febrer: Publica l'únic número de la revista "Arc-Voltaic. Plasticitat del vertic — Formes en emoció i evolució — Vibracionisme de idees — Poemes en ondes Hertzianes".

Abril-maig: Té la "ditxosa passa", és a dir, la grip. El dia 11 de juny, segons diu a Pompeu Gener, "ja s'havia restablert".[10]

Juny: Publica *Humo de fábrica*. La seva "triste experiencia" dins el Socialisme, "que viene acompañada por el conocimiento de que la Democracia no es ninguna pureza hasta el presente, han vuelto a situarme al margen de toda agrupación determinada, para seguir actuando con toda libertad" (p. 102). "Quiero ver si es posible la verdad absoluta —esta gran pretensión— acerca del espíritu del pueblo. Esto me obligará a un estudio profundo y me alejará acaso de la lucha de ca-

10. Cf. Ramon Piñol i Torrents, *Cartes inèdites de Salvat-Papasseit*, "Serra d'Or", XVIII (1976), pp. 465-466.

lle que da nombre y fortuna en política. Pero obraré mejor y hasta tengo ilusión que será con provecho. Mi trabajo primero después de *Humo de fábrica*, que aparezca en volumen, lo pienso titular: *Ensayo psicológico acerca del eterno y universal espíritu de toda multitud*" (p. 200).

7 de juliol: Matrimoni amb Carme Eleuterio i Ferrer, a l'església de Sant Miquel del Port. Són padrins: Joaquim Torres-Garcia i Santiago Segura. I Josep M. López-Picó dedica al nou matrimoni un "Epitalami" (publicat més tard a "Un Enemic del Poble", núm. 16).

"Segura, que el sap malalt, i l'estima, com tants d'altres el varen estimar i ajudar, posa una botiga d'antiguitats a Sitges, en una casa del carrer de Sant Pau. La casa tenia planta baixa i dos pisos. El poeta hi establiria la seva llar i en l'aire assolellat de vora mar trobaria iode per als seus pulmons, i la seva salut es refaria."[11]

21 de juliol: "he posat força fe en la producció vostra", diu, en una carta, a Pompeu Gener. "Tant és així, que àdhuc he pensat canviar el camí que m'havia portat fins al present: Ara no sóc demòcrata (la Democràcia no es renta la cara); ara sóc, per raó de la vostra preuada intel·ligència, més aviat partidari d'aquesta *Aristarquia* com orientació única. El meu modestet tomo *Humo de fábrica*, no el prengueu pas com res definitiu. Jo aniré més enllà de l'Esperit, lluny de les baixes lluites socials i polítiques d'avui. Seré a les altes lluites que abarquen tots els temps." I afegeix: "per tot això dit, estimat mestre, jo us prego que vulgueu anomenar-me Salvat-Papaseit i deixeu el 'Gorkiano' com a cosa pas-

11. Garcés, *op. cit.*, p. 14.

sada i morta i tot, doncs aquest dit pseudònim ve de Gorki, el que equival a dir pertànyer a una escola, tot cas que el rebel rus hagués format escola. Salvat-Papaseit vol dir *jo* mateix, vol dir lo que cal ser".[12]

Darreries de juliol o primers dies d'agost (abans, sembla, del 19 d'aquest mes, data d'una lletra de tipus editorial que Carme Eleuterio signa en nom de Salvat): Primera crisi espectacular de la malaltia que, en pocs anys, l'havia de destruir. "Una terrible hemoptisi el sobta a mitjanit, un dia que havia fet, canviant mobles de lloc a la botiga, un esforç superior a les seves forces. La muller, enfollida, mig nua, plena de sang, surt al balcó a demanar auxili."[13]

Cura de repòs a can Robert, una masia situada en el terme de Matadepera, camí de can Pobla, sota Sant Llorenç del Munt, subvencionada, segons sembla, per un fabricant de Terrassa, a qui, més tard, dedicà *La gesta dels estels*: Emili Badiella.

Fixa la seva residència a la Barceloneta. "Salvat vivia en un pis molt petit de la casa núm. 11 del carrer del Dr. Giné i Partagàs. Al fons, quan hi entràveu, hi havia una sala i alcova, en la penombra, i una cambra interior on dormia la cunyada. A l'esquerra, de cara al carrer, hi havia les peces més clares i alegres: la cuina, amb el seu comptador de gas, on s'introduïen les peces de deu cèntims. Era la cuina de l'inoblidable poema de Nadal." "A la dreta, al cantó nord, el més pròxim a la 'Maquinista', hi havia el despatxet d'en Salvat. Era un racó modest i confortable, un món personal decorat amb dibuixos i pintures, gelosament vetllat. Dues *étagères*

12. Cf. Ainaud, art. cit., p. 37.
13. Garcés, *op. cit.*, p. 15.

(construïdes per ell mateix amb la fusta d'una caixa d'ous) flanquejaven la seva taula, plena de llibres que estimava, i que, dissortadament, varen ser dispersats a la seva mort."[14]

7 d'octubre: Mor a València Santiago Segura.

Coneix Tomàs Garcés, amb qui lligà una gran amistat.[15]

1919-1921

Intensa activitat a les Galeries Laietanes, secció de llibreria.

A les Galeries, domicili social de "La Revista" i seu del grup "Les Arts i els Artistes", presidit per Francesc Pujols, entrà en relació amb un gran nombre d'artistes, d'escriptors i de *connaisseurs*, amb molts dels quals sostingué una bona amistat: Xavier Nogués, Joaquim Sunyer, Manolo Hugué, Manuel Humbert, Josep Obiols, Lluís Plandiura, Josep M. Junoy, J. V. Foix, Joaquim Folguera, Josep M. López-Picó, Josep Pla, etc. Xavier Nogués, a qui dedicà els poemes d'*Óssa menor*, l'assistí a l'hora de la mort. Joaquim Sunyer, Manolo Hugué i Manuel Humbert feren unes saboroses caricatures de Salvat. Sunyer, a qui dedicà *L'irradiador*, pintà un retrat de la seva filla.[16] Manolo el tenia com un dels seus millors amics intel·lectuals: "a Barcelona vaig tractar molta gent i em vaig fer alguns amics", digué a Josep Pla (*OC*, XIV, pp. 189-190). "Salvat-Papasseit era un poeta eròtic que tenia aquella flamarada que tenen de ve-

14. Garcés, *op. cit.*, pp. 16-17.

15. "El vaig conèixer", diu, "el 1918 o el 1919" (Garcés, *op. cit.*, p. 11).

16. Cf. Rafael Benet, *Sunyer*, Edicions Polígrafa, S. A., Barcelona, 1975, p. 204, núm. 435.

gades els homes abans de morir. L'he estimat molt." Josep Obiols, en fi, il·lustrà els seus dos darrers llibres: *La rosa* i *l'Óssa*. Altrament, Lluís Plandiura, a qui dedicà *Les conspiracions*, li subvencionà, segons sembla, l'estada al Guadarrama, en el sanatori de la Fuenfría. Josep M. López-Picó l'incorporà a "La Revista" i li publicà, a més, un dels seus llibres més significatius: *La gesta*. I ell, Foix i Pla li dedicaren belles semblances literàries.

Gràcies a Salvat, la secció de llibres de les Galeries adquirí un cert volum. I, almenys a partir del 20, prengué un nom prou agressiu: Llibreria Nacional Catalana. De fet, era una de les poques botigues que importava amb regularitat productes d'Avantguarda. Salvat, diu Foix, "em sol guardar tot de revistes italianes i franceses d'avançada que rep amb enganyosa regularitat".[17] I, al seu voltant, girà una petita tertúlia de compradors i d'amics més o menys desbaratats (cf. Foix, *Catalans de 1918*, 71-76).

Com a llibreter, Salvat editià algunes obres.[18] Segons les meves notícies, les més antigues són de l'any 19. *El poema de La rosa als llavis*, del 23, és la més recent. I, en conjunt, els anys de més activitat són el 21 i el 22. A partir del 20, el peu editorial, que, inicialment, havia estat "Salvat-Papasseit, llibreters/llibrers", és "Llibreria Nacional Catalana".[19]

17. J. V. Foix, *Salvat-Papasseit*, dins *Catalans de 1918*, Edicions 62, Barcelona, 1965, p. 71.

18. "Quan dic editar", diu Garcés, "vull dir deixar el peu editorial: Llibreria Nacional Catalana" (Garcés, *op. cit.*, p. 26).

19. Heus aquí una catàleg provisional de les obres publicades: 1) "Col·lecció Sèrie" (mateix disseny i format, molt semblants als de les populars edicions de Gallimard i, més en concret, de

1919.

Gener: Publica el manifest *Sóc jo, qui parlo als joves* ("Un Enemic del Poble", núm. 15).

Febrer: Publica dos poemes trencats de malalt a "La Columna de Foc", de Reus (una revista que, en certs aspectes, segueix les pautes establertes per "Un Enemic del Poble").

Març: Publica *Missió per Catalunya* ("Un Enemic del Poble", núm. 16). "Catalunya és un nom i és una amada", diu. "Ai d'Ella si demà, en haver-la fet lliure, tornava contra nós!"

1 de maig: Neix la seva filla Salomé.

Maig: Surt el darrer número d'"Un Enemic del Poble" (en total, han aparegut 18 números).

Probablement, cap el mes de juny o de juliol, escriu les notes autobiogràfiques exhumades per Joan Teixidor. "Sóc, com home de lletres", diu, "d'imaginació escassa, més aviat elemental: tot ho he vist o viscut. — Però em sé una aristocràcia d'esperit, que es pot alçar dels

---

"La Revista", de López-Picó): *Joan Maragall* (1921), per J. M. de Sucre; *L'ocell daurat* (1921), per J. M. de Sucre; *Al vent de la ciutat* (1921), per Joan Malagarriga; *Les conspiracions* (1922), per J. Salvat-Papasseit; *Dites de tot l'any* (1922), per J. M. López-Picó; *Retalls d'hores* (1922), per A. Rosich Catalan; *Llibre de Job* (1922), per Francesc Pujols.

2) Llibres fora de sèrie: *L'art en relació amb l'home etern i l'home que passa* (1919), per J. Torres-Garcia; *La regeneració de si mateix* (1919), per J. Torres-Garcia; *La Catalunya pintoresca* (1919), per Xavier Nogués i Francesc Pujols; *Poemes & cal·ligrames* (1920), per J. M. Junoy; *Abecedari català per a nens* (1920), per Xavier Nogués; *Vint cançons* (1922), per Tomàs Garcés; *El poema de La rosa als llavis* (1923), per J. Salvat-Papasseit.

límits de la Universitat que no m'aixoplugava. També dels primers passos./Amo l'art i els artistes, i les obres inútils dels artistes. Aspiro a una obra inútil que es doni de consol als homes rics, sense la democràcia que confon l'home ric amb l'home de diner, l'artista amb el cavall./Mai no he tingut fortuna, ni mai no la tindré. Però la joia és meva, perquè la sé mentir, professió de Poeta que sóc. Segons la predicció, la mort em prendrà amb foc, perquè un foc interior em consum. — Em planyo que la glòria no sigui una donzella que hom pugui estrènyer als braços."[20]

Octubre: Surt *L'acció intervencionista del proletariat*, a "La Revista".

Novembre: Apareixen els *Poemes en ondes hertzianes* (escrits entre 1917 i 1919).

Prepara un recull d'articles, *La Ploma d'Aristarc. Art lliure. Idees lliures. Sàtira*, que no arribà a publicar mai (malgrat que, el mes de novembre de 1922, encara figura en la llista dels seus projectes immediats).

Desembre: Publica *Concepte del poeta* ("Mar Vella", núm. 4).

20. Teixidor, "RdeC", núm. 80 (1934), pp. 317-318. — Per a la datació, m'atinc a les raons següents: 1) Salvat dóna com a úniques obres publicades *Humo de fábrica* (1918) i "Un Enemic del Poble" (1917-1919); 2) l'expressió "*darreres* flames": ¿indica que la decisió de plegar "Un Enemic" ja és un fet i, encara, un fet recent?; 3) algunes referències, com són, per exemple, el complex universitari, la renúncia als "primers passos", la defensa de l'autonomia de l'obra d'art, "l'art i els artistes" (=grup "Les Arts i els Artistes"), indiquen que ha vençut, ja, les vacil·lacions de l'estiu del 18 i que, cada cop, se sent més influït per l'ambient que viu a les Galeries Laietanes; 4) així, deixa d'imaginar-se com a ideòleg i se sent, ja, com un poeta professional i amb majúscula; 5) però encara no ha pensat a aplegar els *Poemes en ondes hertzianes*.

1920

Gener: Apareix *Natura i Art*, a "La Columna de Foc" (abans, havia aparegut fragmentàriament, i sense signatura, a "Un Enemic del Poble", núm. 14, 1918).

Març: Breu estada a París (hi és, almenys, entre el dia 1 i el 12, dates dels poemes "Passional al metro (Reflex n.° 1)" i "La femme aux oranges (Reflex n.° 2)", aplegats, més endavant, en *L'irradiador*).[21]

Maig: Assisteix, amb R. Barradas, J. M. de Sucre i d'altres, al sopar d'homenatge a Joaquim Torres-Garcia, que, decebut, deixa Catalunya per sempre. El brindis, el fa Pere Coromines.

Juliol: Publica *Contra els poetes amb minúscula. Primer manifest futurista català.*

Col·labora amb una certa freqüència en la pàgina de lletres d'"El Dia", de Terrassa, que dirigeix Joaquim Ventalló.

c. Setembre: Fa una cura de repòs a Sant Just Desvern, en una casa cedida per Daniel Cardona (carrer Sarral, núm. 2).

11 de setembre: Publica en "El Dia" dues proses nacionalistes, una d'elles dedicada a Daniel Cardona.

1921

Gener: Surt el núm. 0 de la revista "Proa".

25 de febrer: Publica un article sobre Joaquim Torres-Garcia en un número d'"El Dia" dedicat al pintor català/uruguaià.

21. Garcés publica dues postals del poeta adreçades a la seva filla Salomé, i datades, totes dues, a París, el 4 de març (cf. *Salvat-Papasseit i el mite de la infantesa,* dins *Sobre Salvat-Papasseit i altres escrits*, Selecta, Barcelona, 1972, pp. 44-45).

Abril: Publica *L'irradiador del port i les gavines* (escrit entre 1919 i 1921).

2/30 de juny: Publica a "La Publicidad" bilingüe cinc articles amb el títol genèric de *La ploma d'Aristarc*.

Juliol: Publica a "La Revista" els *Fragments de lletres girades.*

7 octubre/4 noviembre: Apareixen les quatre primeres proses d'*Els nens de la meva escala* ("La Mainada").

Desembre: Surt el núm. bis de la revista "Proa". "Duem estrella i penó barrat", diu en un dels textos. "L'ardit es bat/per una engruna dolça de pau:/si perd l'engruna vol llibertat.//Serà la terra pels catalans.// Gent castellana, l'allau no us val!"

Desembre: Cura de repòs en el sanatori de la Fuenfría, a Cercedilla, on escriu alguns dels poemes de *Les conspiracions.*

1922

6 de gener: Encara és a Cercedilla ("L'Epifania a Castella"). Al cap de pocs dies, però, ja és a Barcelona.

20 de gener: Neix la seva filla Núria.

27 de gener: Apareixen *Les conspiracions.*

A. Schneeberger publica la versió francesa de vuit "Vibracions" i d'un poema, "Esgarip", en l'*Anthologie des poètes catalans contemporains depuis 1854* (París).

12 març/22 setembre: Cura de repòs a les Escaldes (Établissement Thermal), Amélie (Hôtel des Bains Mercadé i Grand Hôtel du Portugal) i al Vernet (Hôtel Moderne). "Mai no havia tingut tanta certitud respecte la meva curació com ara", diu a Josep M. López-Picó en una carta datada el 18/III. "Em reveureu tot un altre!"[22]

22. J. M. López-Picó, *Joan Salvat-Papasseit, Déu vos guard*, dins *A mig aire del temps*, Barcelona, 1933, p. 61.

"Tot el secret d'aquest meu optimisme, amic, ve, i de no res més, de què jo he sofert molt", diu en una altra carta del 14/VII. "A mida que he pogut lliurar-me de fatics he estimat la vida i les coses del viure com un enamorat de primera volada. I així em teniu avui a un Sanatori, però amb un contentament de les coses que em volten que no en sé parió en el meu record. I dels amics que tinc. Aquest contentament fins l'he dogmatitzat moltes vegades." I afegeix: "hom ha passat misèria, hom ha estat acollit a l'"Asilo Naval', hom ha fet vint oficis; sense pare, amb la mare malalta; hom ha estat explotat de mala manera que s'ha fet anarquista pels que eixorquen la vida; però estima *i estima* que només ploraria d'estimar. I creu en Déu per això; perquè hom pot estimar. Cada matí, en obrir el balcó o la finestra, dóna gràcies a Déu perquè això li és permès encara una altra vegada." "Si veiéssiu quin llibre d'optimisme és el meu llibre nou: és com una cançó. Jo sento *l'endemà* com una meravellosa promesa que m'han fet i que no em neguen mai."[23]

De nou a Barcelona, s'instal·la a Horta, en una torre del carrer del Pujolet, núm. 23. "De l'hort de casa s'albira el Montseny", diu en *Dites d'infant*. "Sembla un núvol vestit de comunió."

Novembre: Apareix *La gesta dels estels* (escrit en 1921-1922).

24 de desembre: Publica a "La Publicitat" el conte *Una nit de Nadal.*

23. López-Picó, *op. cit.*, pp. 67-68.

1923

4 de gener: Publica a "La Publicitat" una ressenya de *Vint cançons*, de Tomàs Garcés.

Febrer: Apareix *El poema de La rosa als llavis* (escrit entre el 1921 i el 1923).

11 de maig: Publica la cinquena prosa d'*Els nens de la meva escala* (les cinc, en volum, apareixen el 1926, amb il·lustracions d'Emili Ferrer).

Pròleg a *La batalla*, de Daniel Cardona ("Vibrant").

Deixa la torre d'Horta i s'instal·la al carrer de l'Argenteria, núm. 64, principal, quasi davant per davant de Santa Maria del Mar.

26 d'agost: Sembla que és a Vernet-les-Bains (on data el poema "Les gorges", publicat pòstumament a la revista "Pont Blau").

Novembre: "Els Poetes d'Ara", col·lecció antològica dirigida per Tomàs Garcés i publicada per les Edicions Lira, dedica un volum a Salvat. La tria, la fa Garcés, i el pròleg, Josep M. Junoy, que ha abandonat, ja, la militància avantguardista.

1924

"A les darreries", diu Josep M. de Sagarra, "En Salvat Papasseit anava a la seva llibreria fent un esforç suprem, aleshores l'aspecte patològic de la seva figura s'havia accentuat d'una manera alarmant, tenia qualitat d'ombra, i el seu optimisme i la seva fe contrastaven encara més aguts i més estridents que mai./Fins als darrers dies creia en la seva positiva curació, i feia plans esperançadors, no sospitava que la crisi de la seva malatia dugués un verí mortal. I quan ja no pogué parlar, quan s'ofegava materialment, encara aguantava amb les mans i amagava sota el coixí, els manuscrits inèdits de la seva darrera obra."[24]

Febrer: Mor la seva filla Núria.

Els darrers mesos, els passa al llit, a casa seva. Els amics el visiten amb freqüència: Xavier Nogués, Joan Alavedra, Tomàs Garcés, Cristòfor de Domènech, Josep M. Junoy... "Quines tardes tan bones vaig passar al seu costat, en els seus darrers dies!", diu Joan Alavedra. "Amb quina alegria revivíem les hores primeres, aquelles hores pures d'amistat! Aquells anys sencers, intactes, d'afecte."[25] "La darrera vegada que el vaig veure, en el seu pis, pocs dies abans d'anar-me'n a passar unes vacances a la Selva", diu Tomàs Garcés, "el mal havia fet molt de camí. Salvat estava amb la pell i l'os, gairebé sense veu, però els ulls li brillaven d'una joia estranya, i em va ensenyar els versos que guardava per al llibre proper."[26]

Juliol: "el veiérem estès al llit", diu Josep M. Junoy, "ja més mort que viu, sense paraula oïble, gairebé tot ell, ulls enfebrats. El seu rostre angulós reduït a l'estricta groga pell recobridora de l'os, era amarat, però, d'un meravellós somriure impalpable, extra-terral./A la penombra de l'alcova humil hi havia dues siluetes silencioses, dues estàtues de l'angoixa mal dissimulada i del dolor mal encobert./Damunt el llit, hi jugava amb una nina, una formosa nena de cinc anys, la seva filla, que

24. J. M. de Sagarra, *Salvat-Papasseit*, dins *Cafè, copa i puro*, Barcelona, 1929, p. 168.

25. Joan Alavedra, *Salvat-Papasseit*, "Catalans!", núm. 1 (1938), p. 24.

26. Garcés, *Sobre Salvat-Papasseit i altres escrits*, p. 33.

omplia aquella terrible cambra pre-mortuòria amb la seva presència d'àngel".[27]

7 d'agost, a les tres de la tarda:[28] Mor "a consecuencia de pneumofimia crónica". "Ja deureu saber que va morir En Salvat", diu Josep Obiols a Carles Riba, en una carta datada el 24/VIII. "Un dia En Nogués, que ha sigut al seu costat, ens explicava amb aquell realisme i quasi crueltat amb què explica ell les coses, les escenes quasi salvatges dels darrers moments d'En Salvat. És trist, va ser una mort desesperada. Va morir revoltat. Feia pocs dies, però no sé com va ser, va rebre els sagraments,[29] En Nogués tot sol aguantant-lo i havent de fer fora les dones que anaven cridant: —Pobre fill meu, ja no hi veu!—, i ell ho sentia. La seva dona es donava cops pertot arreu; s'estripava els vestits i es va quedar descalça, una sabata per ci i l'altra per llà. I quan En Nogués va sortir del quarto que havia deixat mort En Salvat, se li va abraçar i va omplir-lo de petons a les mans, pel vestit, menys a la cara, pertot arreu. La seva mare va passar-se totes les hores des de la seva mort fins a l'enterrament dient tot baixet coses a En Salvat i fins una estona diu que es posà a cantar-li cançons de bressol. Quan moria tenia uns originals inèdits a sota el

27. J. M. Junoy, *Joan Salvat-Papasseit*, dins *El gris i el cadmi*, Barcelona, 1926, pp. 194-195.

28. Segons una còpia del certificat de defunció, expedida el 3/III/1976.

29. "En una de les nombroses converses que aquests darrers anys he tingut amb la seva vídua", diu Garcés, "se'm presentà l'ocasió de preguntar-li qui va suggerir a Salvat la recepció dels Sagraments. 'Qui? —va respondre'm, sorpresa—. Ell mateix va demanar un sacerdot. El vàrem anar a cercar a Santa Maria, davant de casa'" (Garcés, *op. cit.*, pp. 37-38).

coixí."[30] "—'Amunt, amunt!...' —cridava Salvat-Papasseit", diu Joan Alavedra. "I, dret sobre el seu llit de mort, crispat el cos exsangüe per un esforç de la voluntat, els braços enlaire:/—'Amunt, amunt!...' —cridava./ Va caure així, aquella vida. Va morir així, amb aquells ulls de febre girats enlaire, clavats amunt, en aquella cambra fosca del carrer Argenteria, ara fa tretze anys./ Eren les vuit de la tarda. I pel celobert entrava encara una llum d'acer que il·luminava la seva cara pàl·lida... Aquell front agressiu, que ara queia retut, amb el cabell negríssim, a rulls sobre la blancor de la roba."[31]

8 d'agost: És enterrat al cementiri del Sud-oest.

1925

Octubre: Apareix *Óssa menor*, el llibre que, a l'hora de la mort, tenia sota el coixí.

30. Teixidor, art. cit., pp. 351-352.
31. Alavedra, art. cit., p. 24.

[illegible]

BIBLIOGRAFIA[1]

1. Bibliografies

RODON, Francesc: *Aproximació a una bibliografia de Joan Salvat-Papasseit*, dins Ovidi MONTLLOR, *Salvat-Papasseit per...* [Textos de Joan FUSTER, Joaquim HORTA, Ovidi MONTLLOR i...] Edigsa CM 405 [Barcelona 1976].

1. En aquesta bibliografia, recullo, a més de les edicions en llibre del poeta i dels treballs crítics o documentals que, per diverses raons, m'han semblat més positius/significatius, les gravacions discogràfiques i tots els muntatges teatrals. En canvi, prescindeixo: 1) de les edicions salvatianes en diaris, revistes o fulls solts; 2) de les obres de conjunt sobre l'Avantguarda o, més en general, sobre literatura catalana; 3) dels homenatges literaris, plàstics o musicals, com, per exemple, de la prodigiosa *Lletra a en Joan Salvat-Papasseit* ("Serra d'Or", IV:3, 1962, pp. 31-34), de J. V. Foix; 4) de les notes i ressenyes massa circumstancials, malgrat que, algunes d'elles, puguin tenir interès per a l'estudi del procés de mitificació del poeta. Em refereixo, entre d'altres, als records de Ramon Fabregat sobre l'Asil Naval, recollits per Matias Grases, *Entorn de Salvat Papasseit*, "Xaloc", XI:74 (1974), p. 95, o a la dedicatòria de tot el número d'*Homenaje a Cataluña*, de "La Jirafa", núms. 13-14 (1958), a la vídua del poeta: Carme Eleuterio.

2. Obres de Joan Salvat-Papasseit

2.1. *Poesies completes*

Poesies. Primera edició completa. Esbós biogràfic per Tomàs Garcés. Introducció a la poesia de Salvat per Joan Fuster. Il·lustracions per Josep Guinovart. [Nota sobre la transcripció dels textos per Joan Sales]. Ariel. [Barcelona 1962].

Poesia completa. [Edició facsímil. Barcelona 1976; 1.ª reimpressió: 1977; 1.ª edició ampliada: 1977].

2.2. *Obres soltes de poesia*

Poemes en ondes hertzianes. [Dibuixos de J. Torres-Garcia i R. P. Barradas. Publicacions "Mar Vella", 1. Barcelona 1919].

L'Irradiador del port, i les gavines. [Poemes d'Avantguarda. Barcelona 1921].

Les Conspiracions. [El somni - Visió del Guadarrama - Ampla és Castella i com un palmell - La cortesia - Tornada]. Llibreria Nacional Catalana. Barcelona [1922].

La gesta dels estels. Mostra de poemes. La Revista [Publicacions de "La Revista", 53]. Barcelona 1922.

El poema de La rosa als llavis. Amb un frontispici a la trepa per Josep Obiols. [Llibreria Nacional Catalana. Barcelona] 1923.

Óssa Menor. (Fi dels poemes d'avantguarda). Dibuixos de Josep Obiols. Barcelona 1925.

2.3. *Antologies i traduccions*

Els Poetes d'Ara[:] *Joan Salvat-Papasseit*. [Tria de Tomàs GARCÉS]. Pròleg de Josep Maria JUNOY. Edicions Lira. [Barcelona] 1923.

J. Salvat-Papasseit per Josep JANÉS I OLIVÉ. [Edicions de la Rosa dels Vents. Oreig de la Rosa dels Vents. Lírics catalans, 1]. Barcelona 1938.

Antologia poètica mínima, per Carles SALA. [B. Costa-Amic, editor]. Biblioteca Catalana. Mèxic, D. F. [1947].

Antología. (Texto bilingüe). Selección y traducción de José BATLLÓ. El Bardo [,Colección de poesía, Serie especial, núm. 6. Ediciones Saturno]. Barcelona 1972.

Cincuenta poemas. Selección y traducción [de] José BATLLÓ. Edición bilingüe [2.ª edición ampliada]. Editorial Lumen [El Bardo, 111. Barcelona 1977].

2.4. *Obres en prosa*

GORKIANO: *Glosas de un socialista*. Publicación de "Sabadell federal". [Sabadell 1916].

Humo de fábrica. Selección de artículos político-sociales escogidos por el autor y precedidos de un prólogo del escritor revolucionario Ángel SAMBLANCAT. Galerías Layetanas. Barcelona 1918.

Humo de fábrica. [Páginas libertarias. José Batlló, editor]. Libros de cordel [3]. Barcelona 1977.

Humo de fábrica. Prólogo Primera Edición: Ángel SAMBLANCAT. Prólogo Segunda Edición: Ricard SALVAT. Galba edicions [Galba, 21. Barcelona 1977].[2]

2. Conté onze articles nous, publicats per primera vegada a la revista "Los Miserables".

Els nens de la meva escala i Dites d'infant. Dibuixos de Emili Ferrer. Llibreria Nacional Catalana. Barcelona [1926].

Mots propis i altres proses. A cura de J. M. SOBRÉ. Edicions 62 s/a [Antologia Catalana, 81] Barcelona [1975]. [1.ª reimpressió: 1976; 2.ª reimpressió: 1977].

2.5. *Revistes*

Un enemic del Poble. Fulla de subversió espiritual [18 números, Barcelona 1917-1919].
Edició facsímil: Leteradura. [Col. "Ready Mades"] Barcelona 1976.

Arc-Voltaic. Plasticitat del vertic - Formes en emoció i evolució - Vibracionisme de idees - Poemes en ondes Hertzianes [1 número. Barcelona 1918].
Edició facsímil: Leteradura. Barcelona 1976.

Proa. [2 números. Barcelona 1921].
Edició facsímil: Leteradura. Barcelona 1976.

3. MUNTATGES TEATRALS[3]

Salvat-Papasseit i la vida i la mort. Muntatge i direcció de Jordi Dodero. Estrenat per l'Escola d'Art Dramàtic Adrià Gual, al Teatre de l'Associació Nia Nesto, del barri de Magòria, de Barcelona, el 23-IV-1967. Ajudant de direcció i escenògraf: Gerard Casera. Actors: Francesc Estévez, Víctor Vilella, Joan Miralles, Maite Lorés, Maria Teresa Nicolau, Maria Jesús Andany, Margarita Neira, Andrea Pàrraga, Lluís

3. Aquest capítol, de fet, ha estat compilat per Xavier Fàbregas, a qui dono les gràcies públicament.

Quinqué, Antoni Moreno, Josep M. Pujol, Lluís Burró, Joan Vallès, Josep Minguell. Autora de la música de les cançons: Carme Serrallonga.

Vetllada amb Salvat-Papasseit. Recital de poemes presentat pel Teatre Experimental Català al local de l'APSI, de Barcelona, el 20-V-1967. Presentació de la vida i l'obra de Salvat per Jaume Fuster. Intèrprets: Alex Aixelà, Maria Eulàlia Arqué, Joan Canadell, Jaume Coromines, Mercè Guiamet, Pere J. Olivé, Modest Sala i Edmond Sala. De fet, aquest recital era la mostra d'un espectacle més complex que el TEC volia presentar al Palau de la Música Catalana i que fou prohibit per la censura.

Poesies. Recital fet a Manresa pel Grup Art Viu el 27 i 28-V-1967. Intèrprets: Emili Martínez, Teresa Obradors, Pilar Arnau, Lluís Garcia, Teresa Camprubí, Lluís Camprubí, Josep Sala, Montserrat Margarit, Jaume Sala, Maria Dolors Garriga. Direcció: Maria Dolors Garriga.

Res no és mesquí. Muntatge que, segons la premsa, havia d'ésser estrenat pel Grup Artístic Ignasi Iglésias, a la Cova del Drac, de Barcelona, el 22-XII-1974. Intèrprets: Francesca Sala i Manuel Puyals. Direcció: Antoni Roig. A darrera hora, fou suspès per malaltia d'un dels actors.

Poemes. Recital-muntatge representat a l'Aula Magna, de la Universitat de Barcelona, el 22-IV-1975. Direcció: Ricard Salvat. Constà de 41 textos, recitats per quinze actors. Hi havia, entre d'altres, textos de Machado, Picabia i Tzara que ajudaven a situar els de Salvat dins llur context cultural.

Nocturn per a acordió. Espectacle sobre textos de Joan Salvat-Papasseit presentat pel Grup Dagoll-Dagom i estrenat a l'Institut del Teatre, de Barcelona, el 2-VII-1975. Direcció: Joan Oller. Edició a cura de Joan Oller i Ramon Pinyol [amb textos i partitures de Joan Brossa, J. V. Foix, Joan-Pere Viladecans, Dagoll-Dagom, Lluís Llach, Ramon Muntaner, Lisard Paz i Jaume Martínez. Llibres del Mall]. Barcelona 1975.

Joan Salvat-Papasseit. 1894-1924. Espectacle compost d'una introducció de tipus documental, narrada en off per diversos actors, i d'un recital de poemes i de cançons, fet per Ovidi Montllor. Estrenat al Teatre Poliorama, de Barcelona, el 6-IV-1976.

Només sóc poeta. Muntatge i direcció de Ricard Salvat. Estrenat a l'Escola d'Estudis Artístics, de l'Hospitalet de Llobregat, pels alumnes d'aquesta Escola i els del Departament d'Experimentació Teatral, de la Universitat de Barcelona, el 30-VI-1976. Intèrprets: Lluïsa Gavasa, Carles Ortiz, Eva Morera, Enric Navarro, Carles Fernández, Miquel Mercer, Maricé B. d'Aracil, Ricard Pedreira, Ferran Gisbert, Xavier Martínez, Josep Lluís Valero, Tina Chueca, Emi Romero, Jesús Molina i Isabel Segimon. Escenografia: Josep Barrigon.

Però la joia és meva. Segona part de *Només sóc poeta.* Assaig general, fet a l'Escola d'Estudis Artístics, de l'Hospitalet del Llobregat, el mes de juny de 1976. No arribà a ésser presentat en sessions públiques. Direcció: Ricard Salvat.

4. Discografia

Espert, Núria: *Norturn per a acordió*, dins *Els poetes expliquen la Catalunya moderna.* [Selecció i presentació de Joaquim Molas]. Edigsa CL 22. [Barcelona 1967].

Llach, Lluís: *La casa que vull*, dins *I si canto trist...* Movieplay S 32523. [Després: 17.0523/7]. [Barcelona 1974].

Llauradó, Martí: *Tirania de l'amor/Si anessis lluny/*

Venedor d'amor/Penyora d'amor, dins *Cançons d'enamorats.* [Presentació de Lluís Serrahima]. Concèntric 6006 HC [Barcelona 1965].

LLAURADÓ, Martí: *Nadal/Mestre* [sic] *d'amor*, dins *Martí Llauradó dels Setze Jutges.* Concèntric 6022 HC. [Barcelona 1965].

MONTLLOR, Ovidi: *Salvat-Papasseit per...* [Textos de Joan Fuster, Joaquim Horta, Ovidi Montllor, Francesc Rodon]. Edigsa CM 405. [Barcelona 1976].

MONTLLOR, Ovidi: *Sageta de foc* [Fragments], dins *De manars i garrotades.* Edigsa CM 426. [Barcelona 1977].

MOTTA, Guillermina: *Mester d'amor/Visca l'amor*, dins *Visca l'amor.* [Selecció i presentació de Joaquim Molas]. Concèntric 5710-SUL. [Barcelona 1968].

MUNTANER, Ramon: *La meva amiga com un vaixell blanc*, dins *Cançó de carrer.* [Presentació de Ramon Pinyol]. Edigsa CM 404. [Barcelona 1975].

REBULL, Teresa: *Arquer d'amor/Visca l'amor*, dins *Teresa Rebull.* TIC Productora 40.009. [Barcelona 1973].

REBULL, Teresa: *Chants catalans.* J. Salvat-Papasseit: *Mestier* [sic] *d'amor.* [Présentation de Ricard Salvat et Lucien Nicolas]. SPX 7 6807. [Paris 1977].

RIBALTA, Xavier: *Ulls clucs/Perquè has vingut/Oh, el seu flanc/Tot l'enyor de demà/Nocturn per a acordió/Nadal*, dins *Top* [sic] *l'enyor de demà.* [Presentación de J. M. Caballero Bonald]. Polydor 2385034. [Madrid 1972].

RIBALTA, Xavier: *Tot l'enyor de demà*, dins *Onze cançons amb esperança* [Presentació de Francesc Rodon]. RCA Spl. 1-2254 [Madrid 1974].

RIBALTA, Xavier: *Nocturn per a acordió/Tot l'enyor de demà*, dins *Xaxier Ribalta a l'Olympia. 2 de març de 1975.* RCA Spl. 1-2494 [Madrid 1976].

RIBALTA, Xavier: *La carn fa carn*, dins *Altes parets de*

somni. [Presentació de Francesc Rodon]. RCA Pl-35130. [Madrid 1977].

SALVAT-PAPASSEIT, Joan: *Poemes*. Amb la veu de Josep Palau i Fabre i Jordi Sarsanedas. [Selecció de Joan Argenté. Comentaris musicals de Manuel Oltra]. Ediphone/Edigsa C.L.12. [Barcelona 1964].

SERRAT, Joan Manuel: *Res no és mesquí*. Edigsa CM 433. [Barcelona 1977].

SUBIRACHS, Rafel: *El berenar a les roques/Deu-me una santa/Llegenda/La meva amiga com un vaixell blanc/ Si jo fos pescador*, dins *Àlbum Subirachs*. [Presentació de M. Martí Pol]. 1.ª ed.: Concèntric 5709-SUL. [Barcelona 1968]; 2.ª ed.: Ariola-Eurodisc, S. A. 25601-I [Barcelona 1977].

[TOLDRÀ, Eduard]: *Platxèria*, dins Manuel AUSENSI, con acompañamiento de gran orquesta, *Canciones catalanas*. Alhambra MC 25.023. [Barcelona 1957].

TOLDRÀ, Eduard: *La rosa als llavis/Platxèria*, dins *La rosa als llavis. L'ombra del lledoner*. Montserrat Caballé [soprano. Orquesta de Cámara. Presentación de Federico Mompou]. Vergara 11.0.002 LS.

5. ASSAIGS I NOTES SOBRE JOAN SALVAT-PAPASSEIT

AGUT, Joan: *Salvat-Papasseit recordat per Joan Alavedra*, "Serra d'Or", VIII (1966), pp. 211-214.

AINAUD, Joan: *Salvat-Papasseit i Pompeu Gener*, "Serra d'Or", V:3 (1963) pp. 37-38.

ALAVEDRA, Joan: *Salvat-Papasseit*, "Catalans!", núm. 1 (1938), pp. 24-25. Reprod. dins *El fet del dia d'ahir i d'avui*, Barcelona, 1970, pp. 199-202.

ALAVEDRA, Joan: *Els nadals de Salvat-Papasseit*, "Tele/ estel", núm. 127 (1968), pp. 16-19. Reprod. dins *El fet del dia d'ahir i d'avui*, Barcelona, 1970, pp. 202-217.

ANGUERA, Pere: *Dos poemes oblidats d'en Joan Salvat-Papasseit*, "Oriflama", núm. 144 (1974), 43.

BATLLÓ, José: *Homenaje de un traductor*, "La Vanguardia Española", 6/VIII/1974.

BENGUEREL, Xavier: *Memòries. 1905-1940*, Madrid-Barcelona, 1971, pp. 163-167.

BESER, Sergi: *El contingut alliberador de l'obra de Salvat-Papasseit*, "El Pont", núm. 24 (1961), pp. 19-26.

CAPDEVILA, Josep M.: res. de *J. Salvat-Papasseit. Tria de Josep Janés i Olivé*, "Revista de Catalunya", núm. 86 (1938), pp. 129-130.

CARMONA, Ángel: *La razón vital de Joan Salvat-Papasseit*, "La Jirafa", II:5 (1957), p. 9.

CARMONA RISTOL, Ángel: *El marinero en tierra, Joan Salvat-Papasseit*, "San Jorge", núm. 42 (1961), pp. 52-55.

[CARMONA RISTOL, Ángel]: *Joan Salvat-Papasseit y su tiempo*, "San Jorge", núm. 42 (1961), pp. 57-58.

CARRERES, Agustí: *J. Salvat-Papasseit. Professió de fe*, "Hèlix", núm. 2 (1929), p. 2.

CASTELLET, Josep M.: *Salvat-Papasseit i la introducció del realisme a la poesia catalana*, dins *Poesia, realisme, història*, Barcelona, 1965, pp. 58-64.

CREXELL, Joan: *Joan Salvat-Papasseit, col·laborador de "L'Estat Català"*, "Serra d'Or", XX (1978), pp. 103-105.

CREXELLS, Joan: *Salvat-Papasseit*, "La mà trencada", núm. 1 (1924), p. 2.

DÍAZ-PLAJA, Guillermo: *Joan Salvat Papasseit*, dins *Vanguardismo y protesta en la España de hace medio siglo*, Barcelona, 1975, pp. 177-179.

DOMÈNEC, Cristòfor de: *J. Salvat-Papasseit, amic de Brand*, dins *Carnet d'un heterodox*, Sabadell, 1926, pp. 126-128.

EROLES, Emili: *Joan Salvat-Papasseit*, "Centro comarcal

leridano. Boletín interior informativo", V:47 (1962), pp. 13-15.

EROLES, Emili: *Memòries d'un llibre vell (Cent anys de la vida d'un llibre)*, Barcelona, 1971, *passim.*

ESCLASANS, A.: *L'obra d'en Joan Salvat Papasseit*, "La Revista", X (1924), pp. 105-109.

ESCLASANS, A.: *El fruit de l'Avantguardisme*, "Revista de Poesia", I (1925), pp. 203-206.

ESCLASANS, A.: *J. Salvat-Papasseit. "Óssa menor"*, dins *Articles inèdits*, Barcelona, 1925, pp. 121-129.

FERRAN DE POL, L.: *Salvat-Papasseit. Temes de la seva poesia*, "La Revista dels Catalans d'Amèrica", núm. 2 (1939), pp. 55-67; núms. 4-5 (1940), pp. 39-55.

FOIX, J. V.: *Salvat-Papasseit*, dins *Catalans de 1918*, Barcelona, 1965, pp. 71-76.

GARCÉS, Tomàs: *La poesia del Salvat Papasseit*, "La Revista", VIII (1922), p. 57.

GARCÉS, Tomàs: *Les lletres*, "Revista de Catalunya", I (1924), pp. 307-309.

GARCÉS, Tomàs: *La vida i l'obra de Salvat-Papasseit*, "Revista de Catalunya", III (1925), pp. 586-591. Reprod. dins *Paisatges i lectures*, Barcelona, 1926, pp. 127-138.

GARCÉS, Tomàs: *Salvat-Papasseit i els infants*, "La Publicitat", 1/I/1927.

GARCÉS, Tomàs: *Óssa menor*, dins *Notes sobre poesia*, Barcelona, 1933, pp. 95-97.

GARCÉS, Tomàs: *Record de Salvat-Papasseit*, "Quart Creixent", núm. 4 (1958), pp. 32-34.

GARCÉS, Tomàs: *El maragallisme de Salvat-Papasseit*, "Serra d'Or", III:1 (1961), pp. 12-13. Reprod. dins *Sobre Salvat-Papasseit i altres escrits*, Barcelona, 1972, pp. 63-70.

GARCÉS, Tomàs: *Esbós per a una biografia de Joan Salvat-Papasseit*, dins *Sobre Salvat-Papasseit i altres escrits*, Barcelona, 1972, pp. 5-38.

GARCÉS, Tomàs: *Salvat-Papasseit i el mite de la infantesa*, dins *Sobre Salvat-Papasseit i altres escrits*, Barcelona, 1972, pp. 39-62.

GÓMEZ DE LA SERNA, Ramón [TRISTÁN]: *Posdatas: Poemas en ondas hertzianas*, "La Tribuna", 22/I/1920.

GUTIÉRREZ-GILI, Joan: *Salvat-Papasseit, romàntic*, "Revista de Poesia", I (1925), pp. 199-202.

HORTA, Joaquim: *Noticia y permanencia de Joan Salvat-Papasseit a los 35 años de su muerte*, "Revista", núm. 382 (1959), p. 14.

IGLÉSIES, Josep: *Joan Salvat-Papasseit*, "Revista del Centre de Lectura", IX:179 (1928), pp. 75-85.

JUNOY, Josep M.: *Joan Salvat-Papasseit*, dins *El gris i el cadmi*, Barcelona, 1926, pp. 193-195.

LÓPEZ-PICÓ, Josep M.: *Salvat-Papasseit*, dins *Entre la crítica i l'ideal*, Barcelona, 1923, pp. 105-106.

LÓPEZ-PICÓ, Josep M.: *L'endemà de cada dia*, Barcelona, 1926, pp. 12-13 (*La gesta dels estels*), pp. 46-47 (*La rosa als llavis*), pp. 82-83 (*Joan Salvat-Papasseit*), pp. 146-153 (*Una convalescència de la fi de segle*), pp. 185-187 (*Commemoració*).

LÓPEZ-PICÓ, Josep M.: *De l'epistolari de Salvat-Papasseit*, "La Revista", XIX:1 (1933), p. 221.

LÓPEZ-PICÓ, Josep M.: *Joan Salvat-Papasseit, Déu vos guard*, dins *A mig aire del temps*, Barcelona, 1933, pp. 57-69.

MANENT, Albert: *Salvat-Papasseit, poeta con mayúscula*, "La Vanguardia Española", 6/VIII/1974.

MANZANO, Rafael: *Notas en torno a dos libros de poesías*, "Miscellanea Barcinonensia", I (1962), pp. 192-196.

MASOLIVER, Juan Ramón: *Hace medio siglo murió un breve y gran poeta: Joan Salvat-Papasseit*, "La Vanguardia Española", 6/VIII/1974.

MOLAS, Joaquim: *Joan Salvat-Papasseit: Poesies*, "Poemes", núm. 2 (1963), pp. 12-13.

MOLAS, Joaquim: *Joan Salvat-Papasseit, teórico de la*

literatura de Vanguardia, "La Vanguardia Española", 6/VIII/1974.

MOLAS, Joaquim: *Joan Salvat-Papasseit y el Regeneracionismo*, "Destino", núm. 1927 (1974), p. 13. Reprod. dins *Lectures crítiques*, Barcelona, 1975, pp. 100-104.

M[OLAS], J[oaquim], ed.: *Tres poemes*, "Els Marges", núm. 4 (1975), pp. 53-56.

MOLAS, Joaquim: *Sobre la "Cançó futura", de Joan Salvat-Papasseit*, "Els Marges", núm. 10 (1977), pp. 105-107.

MONEGAL, Fernando: *El testimonio de l'Emili Eroles, uno de los primeros y últimos amigos de Salvat-Papasseit*, "La Vanguardia Española", 6/VIII/1974.

PALAU I DOLCET, Antoni: *Memòries d'un llibreter català*, Barcelona, 1935, pp. 251-252, 334-335 i 462.

PALAU I FABRE, Josep: *Joan Salvat-Papasseit, cinquanta anys més jove*, dins *Quaderns de l'Alquimista*, Barcelona, 1976, pp. 153-154.

PIERNAVIEJA, Pablo: *Salvat-Papasseit y Catulo*, "Estudios Clásicos", XIII (1969), pp. 213-215.

PIÑOL I TORRENTS, Ramon: *Cartes inèdites de Salvat-Papasseit*, "Serra d'Or", XVIII (1976), pp. 465-466.

PLA, Josep: *El poeta Joan Salvat-Papasseit*, dins *Homenots*, vol. VIII, Selecta, Barcelona, 1962, pp. 45-86. Reprod. dins *OC*, XXIX, Destino, Barcelona, 1975, pp. 319-357.

PONS, Agustí: *Tres paisajes de Joan Salvat-Papasseit*, "Destino", núm. 1737 (1971), pp. 32-35.

PONS, Agustí: *Joan Salvat-Papasseit, aún con enigmas*, "Destino", núm. 1927 (1974), pp. 14-15.

ROIG, Ramon: veg. VALLVERDÚ, Francesc.

ROIG I LLOP, Tomàs: *Del meu viatge per la vida. Memòries 1902-1931*, Barcelona, 1975, pp. 174-177.

RIBOT, Pere: *L'esperit cristià en l'obra de Joan Salvat-Papasseit*, "Vida Nova", núm. 5 (1955), pp. 41-45.

ROVIRA, Teresa: *"Els nens de la meva escala"*, "Serra d'Or", XVI (1974), pp. 503-505.

ROVIRA ARTIGUES, J. M.: *L'optimisme contra la mort*, "Revista de Poesia", I (1925), pp. 207-210.

SAGARRA, J. M. de: *Salvat-Papasseit*, dins *Cafè, copa i puro*, Barcelona, 1929, pp. 167-170.

SALA, Carles: *J. Salvat-Papasseit*, "Occident", núm. 4 (1950), pp. 28-35.

SALTOR, Octavi: *Els límits de l'erotisme*, "Revista de Poesia", I (1925), pp. 210-214.

S[ALTOR], O[ctavi]: *De l'epistolari de Salvat-Papasseit*, "Revista de Poesia", I (1925), pp. 215-220.

SALVADOR I HERAS, Francesc: *El meu Salvat-Papasseit*, "Centro comarcal leridano. Boletín interior informativo", V:47 (1962), pp. 11-31.

SOLDEVILA, Carles: *Joan Salvat-Papasseit, poeta pur, cor bondadós*, "D'Ací i d'Allà", XIV:81 (1924), pp. 110-111.

SULLÀ, Enric: *Sobre l'art del vers a "El poema de la Rosa als llavis"*, "Serra d'Or", XVI (1974), pp. 499-502.

TEIXIDOR, Joan: *Joan Salvat-Papasseit*, "Revista de Catalunya", núm. 80 (1934), pp. 313-352. Reprod. dins *Cinc poetes*, Barcelona, 1969, pp. 49-89.

TRIADÚ, Joan: *Retorns de Joan Salvat-Papasseit*, "Serra d'Or", V:1 (1963), pp. 40-42.

TRIADÚ, Joan: *Nova lectura de la poesia de Joan Salvat-Papasseit*, "Serra d'Or", XVI (1974), pp. 495-498.

TRISTÁN: veg. GÓMEZ DE LA SERNA, Ramón.

VALLVERDÚ, Francesc [Ramon ROIG]: *Joan Salvat-Papasseit, avui*, "Horitzons", núm. 3 (1961), pp. 27-33.

VALLVERDÚ, Francesc: *Sobre el pensament progressista català de la Restauració a la Dictadura: Almirall, Brossa, Alomar, Salvat-Papasseit*, dins *Problemes de llengua i literatura catalanes. Actes del II Col·loqui*

Internacional sobre el Català/Amsterdam 1970/, Publicacions de l'Abadia de Montserrat 1976, pp. 329-353.

VENTALLÓ, Joaquim: *La pasión mística de Salvat-Papasseit adolescente*, "La Vanguardia Española", 6-VIII-1974.

VENTALLÓ, Joaquim: *Salvat-Papasseit, lluitador contra les injustícies socials i contra l'ocupació de Catalunya*, "Xaloc", XI:74 (1974), pp. 92-95.

VILANOVA, Antonio: *"Poesies", de Joan Salvat-Papasseit*, "Destino", núm. 1308 (1962), p. 34.

CRITERIS D'EDICIÓ

Aquesta edició, destinada a un públic no especialitzat, reprodueix amb tota la fidelitat possible el text establert per l'autor en les edicions que dirigí o que, almenys, preparà. Així, 1) corregeix les vacil·lacions ortogràfiques, segons les normes avui vigents; 2) conserva totes les vacil·lacions de tipus lèxic, prosòdic, morfològic i sintàctic. Unes vacil·lacions, aquestes, que Joan Sales exemplificà amb agudesa i que, algun dia, caldrà estudiar amb detall; 3) manté l'ordre que Salvat havia previst per als seus poemes i que, en algun cas, l'edició Sales havia modificat; 4) per raons de coherència tipogràfica, prescindeix, en el cas de *La rosa*, dels jocs circumstancials o decoratius de tinta, però, en canvi, respecta els que són significatius: els dels dos cal·ligrames. Finalment, vull donar de manera pública les gràcies a l'amic Alfred Sargatal, que, amb autèntic entusiasme, ha tingut cura del control tècnic de tot el llibre.

J. M.

POEMES EN ONDES HERTZIANES
(1919)

L'Art commence où finit l'imitation.

Pierre ALBERT-BIROT

Lletra d'Itàlia

Amic Millàs-Raurell:

Prampolini ha fet trossos la munífica vesta de Beatriu (de Giovanni-Duprè). Siena s'és commoguda. A Florència—per via sense fils—la dissort hi és vinguda així mateix: els plecs del monument a Ferrari Corbelli són desapareguts. Les pubilles, tot nues, s'han posat a cantar com diablesses una cançó infernal. Suara he arribat jo.

A ''Valori Plastici'', es diu: Giovanni Papini ha enviat per correu a Marx Bekman, un xop cervesa Pilsen. (Il mio futurismo).—Ara no ho féssiu córrer, que els de ''Noi'' no s'ho poden acabar.

Aquí a Roma es murmura que per a comprendre En Foix de Sarrià hom deu llegir a Sófocles primer. La Laieta ha plorat, car haurà de tornar a començar pel Narro... perquè no el sap llegir.

Didac Ruiz, a Mòdena (ens ho ha fet saber Antonino Foschini), ha escrit que la blasfèmia és la rosa de foc de la virtut. Per aquest expedient Prampolini ha sortit de la presó.

—M. Giobbe ha esgrafiat una testa de Ruiz.—Giuseppe Ravegnani ha manat a Strawinsky que en fes la partitura: ha comprat els pentagrames a Gerald de Tyrwitt. Tot això no està bé, ja ho saps, però jo en enterar-me'n he enviat un telegrama a En V. Solé de Sojo. Que en tregui ell l'entrellat.

—En Carrà i En Soffici s'han canviat una tela. Es la darrera nova que he sabut.

BODEGOM

A Xavier Nogués

Damunt la taula
l'*Arthur Gordon Pym*
obert
Poe al sostre
m'esguarda
Só tremolós de veure'l

El gresol penjat
n'és l'agonia

Ara tancaré el llibre

El vas és tombat

A terra
xipolls
Whisky house of lords

Ara Poe ha caigut borratxo

COLUMNA VERTEBRAL: SAGETA DE FOC

Al meu germà

LLUITA × BELLES GESTES I ACCIONS : Eterna espiral vers l'Infinit.

VICTÒRIA

VOLUNTAT × UN DESIG BOIG DE CÓRRER; i córrer sempre als cims, així com fuig la cérvola.

JOVENTUT

Un jaç arran de la carretera
per als vells i els que cauen.
—NO HI VULGUEU SABER RES;
si acàs, que ells mateixos s'aixequin.

Hi ha un HOME a la presó
dels que avançaven.
JUNTEU-VOS,
traieu-li l'embaràs que li oprimeix les mans,
PERQUÈ FACI CAMÍ.

Al desencoratjat no l'atieu.
Ni al fanàtic absurd.
Deixeu-los barallar,
que es destorbin a ells sols.

SOFISMES

Experiència,
moral,
sistemes de govern,
sistemes filosòfics,
religions:

Sofismes els sofismes per als qui només veuen amb els ulls del cervell.

SAGETA DE FOC

Mes... si cal governar i dirigir,
agafeu una tralla.
Us estimaran més, i àdhuc obeiran.
—NO VULGUEU GOVERNAR.

Amunt! Amunt! Encara més...
A on anem? No és bo preocupar-se'n.

Suara ha sortit del niu un oronell.
—AIXÒ JA ÉS UN CAMÍ.

SEMPRE AMUNT!

PASSEIG

A Joaquim Torres-Garcia

La boira
fredament
acaba d'engolir la llarga via

Els llums són guaites

En acabar de ploure
quan els arbres somiquen
oh que és dolç escoltar el silenci

El silenci és la boira

Jo somric

I mil llums em somriuen

Són mil llums
no pas homes

Com és càlid el somriure dels llums

I les espurnes blanques
del trolley dels trams
dansen com les estrelles

M'HE TOPAT AMB UN HOME QUE PASSAVA

DRAMA EN EL PORT

A Lluís Escobet

GLOP D'OCEÀ
EN LA NIT

(ABILLAT AMB LA CLAROR DELS HOMES

ARC-VOLTAIC)

ALS MEUS PEUS
LLUMS BLANQUES
VERDES
ROGES

EL MASCLE TRANSATLÀNTIC

UDOLANT

LES SIRENES NO HO SABEN
PERÒ XISCLEN

ELS EMIGRANTS S'EMPENYEN
PASSO RAN DE LA DRAGA
QUE ÉS FOSCA I CREIX

LA BOIA INQUIETA
T À G L
R N O

ARA LES ONES CANTEN EL DESIG D'ENGOLIR

EL TRO AL LLUNY
SOSPIR DE LES TENEBRES
JO EM VEIG EN L'HORITZÓ

FORA EL PORT LES GAVINES REPOSEN

LINÒLEUM

A Xènius

Suara só embarcat
en la piragua hindú
(Escriviu-me al Far-West

M'aprofito de tot
per occir la memòria que els meus tenen de mi)

Ara que ma muller dorm confiada
I el fillet que vindrà
I no són a fer cua
com altres
a la fleca

I encara un estel brilla
i duc el tomahawk sota l'aixella

Un llibreter de vell
passeja
bracejant els meus Poemes
cada un d'Ells inèdit

—És que no puc marxar
sense que abans no escanyi el llibreter

PLÀNOL

A J. M. de Sucre

MONT AVENTÍ

D
E
C
A
D
È
N
C
I
A

ESGLÉSIES

XALETS

ARISTOCRÀCIA VICI

IRONIA EN EL CRIM

S
U
B
U
R
B
I
S

HOSPITAL

RAMERES POBRES

LA GALERA

HONRADESA FAM

El sol ho encén tot

—Però no ho consum

INTERIOR

A J. Carbonell i Gener

Som asseguts
al redós de la taula
i prop del bec de gas que xiula

Unes flors artificials
que em fan angoixa
perquè no tenen hivern

Els ulls de ma estimada
brillen com els d'un gat

I com l'escata

Els vidres de la sala tremolen
rondinen sobre els sotracs dels trams

El maniquí de fusta
m'apar un espectre

Suara amb el braç he tombat el tinter

S'ha estès la taca negra
i en fer entrada la superstició
HEM ESDEVINGUT PÀL·LIDS

EL RECORD D'UNA «FUGA» DE BACH

A J. M. Junoy

M'he esquitxat a Garraf
he passat tretze porxos foradants de muntanya
només per veure a Sitges un blau brunzent de cuina i un blanc de calç lluent de celobert

On irà l'esquirol quan no trobi pinyons
—mossegarà sa cua que en té el gust

Suara he fet una grua
d'un full del calendari
i ha baixat amb el número mateix
Almenys del Ministeri m'han avançat una hora de rellotge
Aquí on tot valor universal duu per nom Montjuïc

la lluna

la bruna

vestida

de dol

és més vídua i més clara

Tot això un antiquari no ho sabria comprendre

He vist més: —Que l'infant de bolquers

esguardava rient una estrella

Però cap llibre no parla del somrís de l'infant

I heus aquí que vaig dir-los una cosa vulgar:

—L'estel hexagonal de colors en el Circ enclou totes les síntesis del món.

54045

A J. V. Foix

La dinamo turgent mou els príaps de foc
en CIRCUMVAL·LACIÓ

No he vist més majestat que en lo stylo de foc
TROLLEY TROLLEY TROLLEY

És que jo só igual per cadascú
en el passatge
Fa fàstic tothom sap estranger
i és segur que aquest vell no coneix el meu nom

Un altre porta ulleres
i els vidres entelats
Ran de nas Ran de nas
PERQUÈ EL REVISADOR

El cobrador abans tenia la paraula
(de guisa que em feia l'ullet
5-4-0-4-5)

ARC DE TRIOMF

M'he palpat bàrbarament
si m'han pres la cartera
A fe que no en portava amic

L'IRRADIADOR DEL PORT I LES GAVINES

(Poemes d'avantguarda)

(1921)

A Joaquim Sunyer

S'estimen a les roques
els irradiadors
amb les gavines boges.

CANTO LA LLUITA

Cavaller d'un corser
qual crinera és de flames
só jo l'incendiari de mots d'adolescent
Blasmo els déus a ple vol:
l'arraulit bestiari
tem el fuet del meu cant!
I he maridat la lluna...
(Però no dormo amb Ella si el filisteu governa els meus domenys)

ELS TRES REIS DE L'ORIENT

A Elias Badiella

Mai no he sabut sencera la més bella cançó:
una pluja d'estrelles
Només l'estrella rua que
en sortir
cau al mar

un vaixell se l'emporta
amarrada a la proa
i serveix de fanal
a uns corsaris d'avui   si l'ocasió fa el lladre

i un anglès qui era al Caire
just arribat a temps
per a que li merquessin
i l'estrella es fongués
enyorada
en el piltre de la seva butxaca

M'entorno al divagar:

Tres soldadets dels reis —baioneta calada
i cadascú en el ros un gallaret taronja,
qui diria que als tres els tinc d'ahir vesprada
tancats en el rebost per fer-los vida flonja.

L'ABSURD

El dau d'ivori
virolet de la sort i la malastrugança
i la poma al caliu que esbufega
com més corre el ventall

Els ulls miren els ulls
i la paraula és morta:
el pigat de les xifres parlarà

(Damunt la taula el vas
i la pàl·lida imatge de l'absenta)

I el meu company i jo
de suara perjurats a jugar-nos la vida amb el misteri:
TOTS 2 AL MATEIX NÚMERO DEL DAU

PASSIONAL AL METRO
(REFLEX N.º 1)

A Joaquim Borralleras

Antínoüs   donzell príap perdut
i una rosa als llavis que el guia en la nit

Mireu si brillen els seus ulls
que Penèlope es deixa de la roba
i s'esllangueix de rostre com una cera verge

Antínoüs és en la fosca   i una rosa als llavis
que li vol fer vilesa
                    d'enamorar Penèlope
                    l'esquerpa

Antínoüs s'ha menjada
                    lentament

UNA ROSA

—justament en passant sota la serp del Sena direcció Saint-Lazare

París, 1 de març de 1920

LA FEMME AUX ORANGES (REFLEX N.º 2)

La cançó del metro, que es mulla el ventre al Sena, a la vella Cité, traspua tots els sostres i diu:

—Avui só perfumat
per una grassa impresa.
Porto un braçalet blau,
un altre de vermell
i les anques més nues.

Les sandàlies polides amb brillants.

I així la meva amada
ve assetjada a desdir:
per això és que baixa a Rennes
es deixa la cotilla a Saint-Michel
i s'ajeu al meu bany de purpurina.

Banyera del NORD-SUD!

Finava la cançó quan la femme aux oranges, direcció Château d'Eau, s'ha descobert la brusa i ha ensenyat els mugrons
que eren com una llàntia de cremell.

París, 12 de març de 1920

ENCARA EL TRAM

A D. Carles.

Noia del tram, tens l'esguard en el llibre,
i el full s'irisa
en veure's cobejat.
I el cobrador s'intriga si giraràs el full:
sols per veure't els ulls!

Que les cames se't veuen
i la mitja és ben fina;
i tot el tram ets tu.
Però els ulls no se't veuen.

I la teva mà és clara
que fa rosa el teu cos de tafetà vermell,
i el teu mocadoret ha tornat de bugada.
Però els ulls no els sabem!

I si jo ara baixés? —Mai no et sabria els ulls...
Té, ara, ja he baixat!

ENCARA EL PORT

A Vicente Risco

Els gallarets en el vent de les veles.
Oh, l'avió que les compta i les plega
en fer-se fosc;
si el seu vol s'ha menjat l'alè dels gallarets
—ahir els cobricels de les estrelles
glasses
avui lasses que són
de la gràcia mofeta del llum groc i el llum verd—
senyoria del Port al capvespre vermell;
si la lluna no es veu;
si la barca no es queixa,
ran de l'angle més negre
i la cançó més blanca,
italiana:

¿Qui somou la coberta i fa dolç l'acordió,
oh, amo del barco blau? —Un refrec de colors
dels darrers gallarets...

ESGARIP

A Tomàs Garcés

Dia 13. Dimarts.
El sol és post i dansa el rat-penat...
Si la lluna ha sortit amb una rojor estranya,
a dalt dels campanars
les òlibes fan feina.
I la vella més vella del poble, la novena
d'un ungüent malefici.

Llampega i s'ou un tro en el cel ple d'estrelles:
que en aquesta hora esquerpa algú donava mal.

Les aranyes no dormen si la núvia escombrava
enllà de mitjanit.
I la núvia ha escombrat.

El gat ros ha baixat a la masia en runes.
—I ha tornat, però, cec:
CAR S'HAVIA EMPASSADES DUES CUQUES
DE LLUM.

VIBRACIONS

El gra sagnós de magrana
al teu llavi.
Oh, el mossec de la meva besada!

Dolça recança:
l'ànima del Poeta
al teu ventall.

Quin vent que fa,
quina pluja més fina!
—El tram llampega.

Acota el cap endins la porxada de verd,
als tarongers florits, la promesa-donzella:
una alosa destria la blancor
dins el verd.

Dins de la nit
alegria en la casa.
Tot és la por.

Cada mot de l'esposa, una rosa
tota balba de flames:
la sardana-cinyell de l'esposa.

La pluja rosega el vidre
glaçat...
Quantes molles s'hi deixa!

Aquesta flor,
del teu pit al meu llavi,
flor en el llibre.

¿Què són fets els estels-oronells
despenjats cada dia?
En els ulls de les verges, estels.

Volves de zèfir
sonorants ones verdes:
la Primavera.

A aquella estrella nua tan a prop de la lluna
li servo un gran amor
car volia escapar-se
i la vigilen molt.

Ara el cel és tot blau dins el matí.
Només un petit núvol blanc —molt blanc:
una verge s'ha deixat el coixí.

Bru mariner d'amor
de peu dret a la proa:
quina noia no el vol!

Mocadoret al coll,
vermellet, de les festes.
Les sagetes al cor.

MARXA NUPCIAL

Llum de l'IRRADIADOR camaleònic damunt
l'estrella del Circ encara hexagonal

Exit! Exit!! Exit!!!

CLOWNS equilàters líders romàntics
Això és sa i en les constel·lacions de quatre barrets
cònics

La terra només gira perquè jo sóc aquí i jo sóc un
PALLASSO qui agonitza

Margot amb el MALLOT i els cabells pintats
rojos sembla un ciri que cremi
Només crema per mi:
Davant dels cent centaures que fan faixa a la Pista
DAURADA D'EMOCIÓ

Margot ara m'esguarda fit a fit i en caient del
Trapezi he llegit un anunci a la pantalla:

Escopiu a la closca pelada dels cretins

Aquest home que diu:
—La música de Circ és tan definitiva com no la va conèixer
Richard Wagner   tanmateix un pompier!

La sombra dels comparses en el sol de les taules
Moure's   i projectar-se   no existir:
La **VIDA** al Dinamisme

Jo protesto que això degeneri també
—Perquè ara el «domador» vol fer jocs malabars
i els cavalls   amb les potes

Més m'estimo l' 

i en CHARLOT que s'han tornat bessons per tal d'entrar en sèrio a la glòria del cel

(car ells són ignorants de que venim d'ahir
d'abans d'ahir de l'altre abans d'ahir
i més d'abans encara)

L'Esfera del rellotge a les DOTZE fecunda les hores
que vindran que són:

una	**dues**	**tres**	**quatre**
cinc	**sis**	**set**	**vuit**
nou	**deu**	**onze**	

i després el

CONNUBI

—i així seré immortal perquè d'aquí ha nascut el meu
JO dins el TOT

POSTA

Del vaixell de les veles de zèfir
l'irradiador de proa
ha xuclada la sang del sol
morent al mar.

Rovell d'ou destriat en galledes de fusta.

Sitges s'aquieta en verd
i en blau
i en blanc
I la terra s'emporpra en la costa granada.

Del vaixell de les veles de zèfir ara arriba una veu:
—Mariner mariner
si pren vol la gavina
allunya't del rocam
que el vaixell de les veles de zèfir
bell corsari
se'n va.

Carregat a coberta del reflex de la lluna.

EPIGRAMA

A Josep A. Font i Cases

Un perfum de colors ha invadit a Margot
S'ha vestida de pressa:
Perquè hom no sabés de sa sina l'olor
s'ha posada una flor
damunt la roba fresca

NADAL

A Emili Badiella

Sento el fred de la nit
i la simbomba fosca
Així el grup d'homes joves que ara passa cantant.
Sento el carro dels apis
que l'empedrat recolza
i els altres qui l'avencen tots d'adreça al mercat

Els de casa a la cuina
prop del braser que crema
amb el gas tot encès han enllestit el gall
Ara esguardo la lluna que m'apar lluna plena
i ells recullen les plomes
i ja enyoren demà

Demà posats a taula oblidarem els pobres
—i tan pobres com som—
Jesús ja serà nat
Ens mirarà un moment a l'hora de les postres
i després de mirar-nos arrencarà a plorar

DIUMENGE

Avui volen tan altes
                    les gavines del Port.
que planegen només:
el pal més jove i prim
del «Maria Angeleta»
                    sota la bola d'or
ou el dring transparent de llurs ales quietes

De cara al sol
            cent veles;
i el banderol vermell que rumbeja el seu frec.

El vaporet passeja els bells somnis atlàntics,
        ran dels molls en la calma:

L'home de les taronges passa el carretó ple.

INICI EPITALÀMIC-FILM

A Joan Arús

La boca a la boca i la parpella closa
El finestró també
I aquella sina d'Ella
                    com de vellut de seda
I l'omelic amant amb l'omelic fragant
      I aquell plorar primer
                              sota l'ombra del sostre

FEU-VOS COIXINS BEN FLONJOS
PER LA LLUNA DE MEL

VESPREJA I NEVA

Les estrelles xerraires són fetes a tallets
i despreses del cel
                    una a una
                              disperses
besen les parets fosques i s'estenen a terra
sempre ran de les portes
per guarir-se del fred

El meu carrer és estret
sense cap arc voltaic
                    bola de neu encesa
i les velles rondinen tots els canvis de temps
El mateix l'adroguer:
—Quanta fècula es perd!

Darrera dels meus vidres sento els Reis que s'acosten

Ara el cel s'enrogia
                    de venjança i d'amor:
pensava en les sabates que embrutaran l'alfombra

PANTALONS LLARGS

A J. M. López-Picó

Campaneta daurada del meu carret de fira,
cavallet de cartró de mig pam, tot pintat;
havem caminat tant pels camins sense ira
que ara ens cal reposar i agrair nostre fat.

Ja no tornaré més fent osque! osque! corrent
a carregar amb palets el teu quadrant de fusta.
Campaneta daurada, tu em sabies content.
Ara em mena la gent i tothora tinc justa:

i sóc infant encara, i no puc fer-ne esment.
Cavallet de cartró, tu em sabies la joia:
si ara jugués a córrer, què diria la gent...
Trobaran molt millor que estimi alguna noia

tant si és bella com no —cavallet tot pintat,
campaneta daurada— i que us deixi al terrat.

TOT L'ENYOR DE DEMÀ

A Marià Manent

Ara que estic al llit
malalt,
estic força content.
—Demà m'aixecaré potser,
i heus aquí el que m'espera:

Unes places lluentes de claror,
i unes tanques amb flors
sota el sol,
sota la lluna al vespre;
i la noia que porta la llet
que té un capet lleuger
i duu un davantalet
amb unes vores fetes de puntes de coixí,
i una rialla fresca.

I encara aquell vailet que cridarà el diari,
i qui puja als tramvies
i els baixa
tot corrent.

I el carter
que si passa i no em deixa cap lletra m'angoixa
perquè no sé el secret
de les altres que porta.

I també l'aeroplà
que em fa aixecar el cap
el mateix que em cridés una veu d'un terrat.

I les dones del barri
matineres
qui travessen de pressa en direcció al mercat
amb sengles cistells grocs,
i retornen
que sobreïxen les cols,
i a vegades la carn,
i d'un altre cireres vermelles.

I després l'adroguer,
que treu la torradora del cafè
i comença a rodar la maneta,
i qui crida les noies
i els hi diu: —Ja ho té tot?
I les noies somriuen
amb un somriure clar,
que és el baume que surt de l'esfera que ell volta.

I tota la quitxalla del veïnat
qui mourà tanta fressa perquè serà dijous
i no anirà a l'escola.

I els cavalls assenyats
i els carreters dormits
sota la vela en punxa
que dansa en el seguit de les roderes.

I el vi que de tants dies no he begut.

I el pa,
posat a taula.
I l'escudella rossa,
fumejant.

I vosaltres amics,
perquè em vindreu a veure
i ens mirarem feliços.

Tot això bé m'espera
si m'aixeco
demà.
Si no em puc aixecar
mai més,
heus aquí el que m'espera:

—Vosaltres restareu,
per veure el bo que és tot:
i la Vida
i la Mort.

DE DALT DE TOT DEL CEL

A l'Adolf Fargnoli

De dalt de tot del cel
els poblets en la nit semblen brasers encesos
I perquè entra la vetlla brillen més els estels

s'acosten a la terra i s'escalfen les mans
i el cos
i els peus
I li ofrenen la Óssa com un penell de flors:

Entremig la rosada
els dematins les cullen els pastors

RES NO ÉS MESQUÍ

A Josep Obiols

Res no és mesquí
ni cap hora és isarda,
ni és fosca la ventura de la nit.
I la rosada és clara
que el sol surt i s'ullprèn
i té delit del bany:
que s'emmiralla el llit de tota cosa feta.

Res no és mesquí,
i tot ric com el vi i la galta colrada.
I l'onada del mar sempre riu,
Primavera d'hivern — Primavera d'istiu.
I tot és Primavera:
i tota fulla verda eternament.

Res no és mesquí,
perquè els dies no passen;
i no arriba la mort ni si l'heu demanada.
I si l'heu demanada us dissimula un clot
perquè per tornar a néixer necessiteu morir.
I no som mai un plor
sinó un somriure fi
que es dispersa com grills de taronja.

Res no és mesquí
perquè la cançó canta en cada bri de cosa.
—Avui demà i ahir
s'esfullarà una rosa:
i a la verge més jove li vindrà llet al pit.

LES FORMIGUES

A Josep Lleonart

camí de sol - per les rutes amigues - unes formigues

AQUELL VELL MARINER

Aquell vell mariner,
ell que sí, que se'n féu quan era jove
i d'un vaixell que anava a cacera d'estels

Quan li diuen encara —car no és mort—
quants estels ha copsat,
ell que sí que respon:
—No us en diria un mot.—
Però us senyala enlaire
i us diu que un dels estels és el seu propi cor
que tots els tripulants i caçadors d'estels
tenen la fi mateixa:
I ell en dir-vos això
enllumena el seu rostre de claror
i veieu els estels dansar a la seva vora

DÓNA'M LA MÀ

Dóna'm la mà que anirem per la riba
ben a la vora del mar
                    bategant,
tindrem la mida de totes les coses
només en dir-nos que ens seguim amant.

Les barques llunyes i les de la sorra
prendran un aire fidel i discret,
no ens miraran;
                    miraran noves rutes
amb l'esguard lent del copsador distret.

Dóna'm la mà i arrecera la galta
sobre el meu pit, i no temis ningú.
I les palmeres ens donaran ombra.
I les gavines sota el sol que lluu

ens portaran la salabror que amara,
a l'amor, tota cosa prop del mar:
i jo, aleshores, besaré ta galta;
i la besada ens durà el joc d'amar.

Dóna'm la mà que anirem per la riba
ben a la vora del mar
                    bategant,
tindrem la mida de totes les coses
només en dir-nos que ens seguim amant.

POEMA SENSE ACABAR

A S. Miquel-Laporta

Quin doll d'aigua a la font
ara que és vespre,
i la lluna s'afanya a pujar la carena!
I ronda el ca fidel a la serena
perquè al seu amo capriciós i destre
plau-li besar l'amada sota la lluna al vol
en el porxo del barri de la masia quieta
adormida pels grills,
missenyors de la cleda i dels pins.

Quin doll d'aigua a la font
ara que és vespre,
i el vent també és a jóc.
I els romanins, només, desperts, escolten,
perquè demà al matí puguin parlar d'amors
amb les farigoleres fins l'hora de la sesta,
que és quan reposa el pou,
i canten les cigales esguardant la ginesta,
i ells agafen el son.

Quin doll d'aigua a la font
ara que és vespre,
i la lluna ha assolit les cimes cobejades,
i l'estrella primera
lluerna dels camins
és perduda entremig les immenses miríades
i als confins de la terra
tots els enamorats es besen i s'estrenyen,
de l'una a l'altra serra.

Quin doll d'aigua a la font
ara que tot és nou perquè la lluna és plena.

DAMUNT MON VAIXELL

Damunt mon vaixell
l'arc de Sant Martí
com un gran cinyell.
Totes les sirenes
engronxant-se en ell.

LES CONSPIRACIONS
(1922)

A LLUÍS PLANDIURA

Sant Jordi el cavaller
ja té un peu a l'estrep
i la bandera alçada.

EL SOMNI

Guardeu la terra els pagesos germans,
guardeu —beseu-la amb delit, pam a pam:
ara amb nosaltres, marins i gojats,
per Catalunya, els vaixells salparan.
Guardeu la terra els pagesos germans.

De cara al món altra volta, i firam!
Les gestes nostres no temin la mar:
—qui duu senyera els dofins li fan pas.
Per Catalunya un bell nom voleiant,
de cara al món altra volta, i firam!

Fornits atletes, a proa s'hi cap;
deixeu l'Estadi pels fadrins que es fan.
Preneu els estris de viure en combat
per Catalunya: Una passa endavant!
Fornits atletes, a proa s'hi cap.

Vosaltres, dones, heroiques com mai,
sigueu valentes, que l'empresa és gran:
les nostres filles que aprenguin l'afany.
Per Catalunya reseu català,
vosaltres, dones, heroiques com mai.

Fendim les ones, tal guerrers d'abans;
—de nou la història que ens vegi avançant—
vulguem esser-hi entre els pobles més grans:
Per Catalunya, els fanals ben endalt,
fendim les ones, tal guerrers d'abans.

EL DEIXONDIR-SE A CASTELLA

Manta amplària té Castella!
—sota els corbs no ho sembla pas.
Aquest porxo de Sigüenza
anuncia un dia clar.

Més amunt d'una mojada
hi ha una creu, com un espant.
La gebra és tan rosa i blanca
com una sembra de sal.

Corre el tren així un malastre
car apar que va rodant:
tota la terra que abraça
és sense arbre ni ull humà.

Ara, sí; hem vist dues noies!
Duien una gerra al cap
i una faldilleta airosa:
quin amor les hi tindrà,

quin amor —quina dolcesa
sense un magraner al costat.
—Si una terra es veu moresca,
és la del pla castellà.

Més avant ja hi esmorzàvem
i tot era preguntar:
—Sense senyal d'estimar-se,
¿com mengen tan blanc el pa?

VISIÓ DEL GUADARRAMA

Serra ferrenya i aspra!
D'aquí on jo ara la veig,
sembla un rei castellà
que jagués
amb l'espasa al costat,
sota mantell d'ermini.
Sembla un rei i un gegant,
però jeu.
—Té un abís als seus peus
de terra calcigada.
Castella, el Guadarrama:
posta d'or
però posta segura
d'un vent que haveu sigut!
Dormiu la vostra sort:
deixeu pas
als hispans que ara avancen.
Catalans! tots en peu,
l'Escorial deixem-los
per trofeu:
que ara serem nosaltres
qui plantarà les tendes.

De tant pecar el rei jeu.

AMPLA ÉS CASTELLA

Ampla és Castella, i com un palmell
té la durícia d'aixecar l'espasa.
El braç és las i no el mena cervell;
la gola és seca i la set no li passa.

Terra dels Terços petjadors de lleis
que imposaven amb sang llur llei estranya,
ampla és Castella, sepulcre de reis,
malavirança a la Marca d'Espanya.

Sota els pollancs l'ombra encara es marceix
del mal que ha fet amb la seva tonada:
sorolls de focs i esperons, i l'escreix
amb què els cavalls soterraven l'estada.

Ampla és Castella, el seu ressò un gemec,
té la sordesa de massa escoltar-se.
La veu dels íbers és ronca d'ofec
i ella no els sent: només vol rebolcar-se.

L'EPIFANIA A CASTELLA

Quin resplendor té el Guadarrama,
quin resplendor carena endalt,
tota la serra està nevada
però és la nit dins un mirall.

Passen els Reis. Què els portarien,
si va un estel al llur davant:
—aquests poblets potser escriuen,
potser els Reis no ho reben pas.

Pro el resplendor és a la muntanya,
potser no escriuen i Ells hi van:
Senyors, deixeu a aquestes terres
la comprensió i l'amor que els cal.

Ompliu-los ben bé les galotxes
i reposeu a l'Escorial.
Senyors, beneïu-los aquests sostres:
que els quedi un xic de voluntat.

LA CORTESIA

És alterosa i ferma la dona castellana.
N'he vist d'aquestes serres que semblen un xiprer,
i és així com la nostra, d'honesta i recatada,
amb un esguard de mora, però amb un sever deix.

Té el somrís de puel·la de tota catalana
i el posat de claustrada que viu sense verger:
és ufana, a Castella! Pro en tota sa encontrada
no obira tarongina ni d'un clavell l'esqueix.

Tampoc cap mar la gronxa, però el cel hi és tan blau
que diríeu que el porta quan els ulls s'hi emmiralla;
tingués una pomera i un cirerer al costat,
ja ni ens fóra estrangera la bruna María Ana.

Tot el paisatge és d'Ella, que Ella hi dóna la pau
—i neix la farigola on Ella passa i calla—,
que el moraduix s'hi bressa sols per sa majestat:
quin greuge que no ens sigui d'una parla germana.

PREGÓ

Castella la Nova
                    Castella la Vella
jou i malvestat.
Les crostes li surten pel front i les celles
i és soberga en mal.
Les crostes li surten pels cims i les planes
i vol dominar.
Castella la Nova
                    Castella la Vella
la mort al costat.

Pobles de la Ibèria,
i gallecs
        i èuscars!
Castella la Nova
                    Castella la Vella
—si ens donem les mans—
si ara ens domenyava
ja no hi tornarà.

TORNADA

Cel i mar
          cel i mar
i la costa plomosa de Garraf
el camp i la muntanya com l'abraç de la mar
—qui deixava Castella no hi voldria tornar

el garcés Montjuïc
i el Port gonflat de pals
atxes de vent —rendits a la ciutat
qui té una Rambla amb cor
                              amb flam
                                          i amb sang

un Estadi batent per Camp de Març
amb llançadors del disc

mil sagetes al vent que clamen llibertat

LA GESTA DELS ESTELS

(Mostra de poemes)

(1922)

A Emili Badiella

En el començ començ
fou la cançó primer :
Déu treballant cantava.

DIVISA

L'estel d'un esguard
i el d'una senyera,

la guerra i l'amar:
la sal de la terra.

Al llavi una flor
i l'espasa ferma.

CRÍTICA

A Cristòfor de Domènec

—volia enamorar l'avantguardista
amb una lampareta de butxaca

jo no veia la nitra
però veia els seus ulls

—destriava la roba   i ensenyava un cosset
de vímets d'alumini

jo veia les cireres del seu pit

—li brillaven les dents
                    tot d'argent viu

però jo mossegava el seu llavi de carn

ESTENIES LA ROBA AL TERRAT

Estenies la roba al terrat
i el teu braç tan rodó regalava;
als teus peus s'eixamplava el regal,
cada perla als rajols s'estirava.

I també del teu coll al teu pit
la frescor en l'afany t'ajudava:

si et tocava una mica de sol,
t'hi delies i t'eixamoraves.

UNA BANDERA BLAVA

una bandera blava vola
                                        al lluny—
és la teva cortina solellada d'amor

si ens hi anem acostant
decidits
          al seu vol
venim com els soldats abillats per la festa

tu surts a la finestra

si esguardaves passar un oronell gojós
tots ens volíem teus:

—tu rius una gran rialla
el mateix que una pluja de cascavells al trot

SI JO EM LLEVAVA DE BON DEMATÍ

Si jo em llevava de bon dematí
el sol encara a pleret s'hi arronsava;
tresca que tresca, si feia camí
a cada pas un fanal s'apagava.

La marmanyera em venia al costat
a l'altra banda, plena la faldada:
el marxapeu ja semblava un mercat.
I era tot fresc, d'un alè de rosada.

Àdhuc la boira em desvetlla els sentits,
que era tan dolça perquè s'aclaria.
Al plat de nata afinava els seus dits
el xavalet, llepoleig del bon dia.

La peixatera duia el cove al cap
i el peix saltava, pres dins la falzia.
L'obrer passava i li deia qui sap;
jo he entès només que nomia *Maria*.

Maria avança com la daina al vol:
al carretó de cafè amb llet s'atura;
reprèn la marxa, que el treball no dol,
i els ulls li brillen, que sembla una fura.

Com sap estendre els diaris primers
aquest bon home, a mida que arriben:
diria l'u ço que diria el terç,
i l'u voldríem, que els altres no priven.

Als molls les dèries retornen al joc
i a mi em plau força passar per la riba;
el sol ja mostra sa llengua de foc
quan l'esquellot fa descobrir l'estiba.

Igual els carros; desvetllen el cor.
I la ciutat es desemperesia.
Ara sentia una mica d'amor:
goig de llevar-me matí cada dia.

EL BERENAR A LES ROQUES

A Pere Coromines

jo seria el patró
d'aquell vaixell que es veu a l'horitzó
aniria més lluny que l'horitzó

donaria a les noies el meu cor
i el tornaria a prendre
per donar-lo altre cop

—noies de tots els ports

faria mirallets amb llurs ulls
i els meus ulls

les sabria albirar
de dalt del pal més alt

cantaria cançons com els marins de guerra:
duria uns pantalons acampanats de baix

NI SABRIA ELS MEUS FILLS QUAN
TORNARIA A TERRA

PASQUA GRANADA

A J. M. Ventalló

Pasqua Granada!
Alcem el crit:
prenguem la fruita de l'hort veí.
Saltem la tanca que el goig s'ho val,
dalt de les branques
com els pardals.

—Les noies rosses ja no vindran:
la llum que porten desmena el pas.—

Les morenetes als cirerers.
Les maduixaires no trobin res
mentre es refiïn dels nostres cants:
tampoc les prunes reposin tant.

S'acosta Sant Joan com un convit,
les ginesteres llencen l'or fi.

Lladres de fruites,
lladres d'amors,
temeu la fuita,
saltem a l'hort.

VENEDOR D'AMOR

A la meva muller

Venedor d'amor
porta joies fines:
la noia que vols
la noia que tries.

De tanta claror
que el mercat destria
per cada cançó
dónes una vida.

Quina vida dóns
quina altra en voldries:
jo me l'he triada
moreneta i prima.

Moreneta i prima
que sembla un palmó:
si un altre la mira
li treu morenor.

Jo l'he demanada
que fos sols per mi.
L'he comprada esclava,
la vull fer lluir.

Venedor d'amor
porta joies fines,
la noia que vols,
la noia que tries.

QUAN DE BON DEMATÍ

quan
        de bon dematí
baixa el primer veí
que encara el dia és fosc
jo li escolto el trepig
temerós
        des del llit
i el crec un lladregot

—car baixa tanmateix
com després d'un malfet
talment comptant les passes
a voltes com corrent
palpentes
            per l'escala

ara ja arriba a baix
i aixeca el forrellat
de darrera la porta
—si es sent el vigilant
sembla que s'ha aturat:
com si amagués la roba
que haurà pres del terrat
—un bon farcell
                    i nova—

s'obre el balcó de dalt
i és l'Antònia qui es plany:
—pare, us haveu deixat
el paquet d'esmorzar
valga'm Déu
i quin home:

encara el vigilant
amb el bastó flamant
va tustant les llambordes

VETLLA, REVETLLA

A Jaume Llongueres

Sant Joan
noça i bateig de sang!
Les noies riuen amb llur galant.

Quina vesprada
festa pel cor:
cada abraçada deixarà enyor,
cada besada un infant nou.

Pluja de ruda sobre els pitralls,
qui diu l'amada,
qui diu l'amant.

El càntir s'ompli
d'aigua amb anís,
que es vessi tota
sines endins.

No hi haurà festa si el foc no és alt,
si molt no es besa
i l'amor es plany.

A la fontada vinguen cançons
la matinada veurem el sol:

haurem menjada coca amb llardons.

PLATXÈRIA

Dolça amigueta, juguem a fet
o a corretgeta, o a bell indret.

Dolça amigueta, no tinguis por:
ni he d'allunyar-me ni en cap racó
fer-te malícies, o bé el distret
si acàs et cremes o ets a l'indret
on he amagada la teva flor:
si tu ets manyaga jo seré bo.

Dolça amigueta tornem al joc,
la teva escala farà de toc.
Si tu m'atrapes no et besaré,
si jo t'atrapo perdonaré
que no m'estimis. Ja em somriuràs.

Si et cau la trena jo et faré el llaç.

ESTAMPA JAPONESA

A Màrius Aguilar

l'ull és profund
i l'esguard groc i llis de vetllar a la lluna—
damunt paper d'arròs imperial

(si els feia barret oval
desembarcant a un Port
qualsevol gest dels braços
tindria el sabre alçat
amb l'orella petita
escoltadora)

el palau és de nacre
i la làmpara crema com un silenci viu:

com aquella cançó
que cantava la *Perla-en-la-Rosada*, filla del samurai

—tot fent créixer les flors
i recomptant les hores que deixava i prenia

vestia lli   i vestia el pol·len de la flama
i el de l'amor perfecte

i menjava la síndria sucosa
camosina

veia néixer el gran astre al seu costat

PASSEU PEL PORT

Passeu pel Port
                    que és la festa pagana!
Ara florien els pals boles d'or
i els mariners ubriacs tots cantaven:
Verge del Carme, doneu-nos l'amor.

Verge del Carme cantava en els núvols,
a cada u bé llançava un esguard:
els mariners ubriacs la miraven
i convidaven tots els vianants.

Verge del Carme dansava una estona,
no hi ha vaixell que la guanyi en dansar;
alceu els ulls que veureu la corona
com va ruixant tot d'estrelles la mar:
la meva barca n'és plena a vessar.

Verge del Carme mostra un peu tot nu
que la sandàlia se li desprenia;
els gallarets s'omplenaven de llum...

Si jo nedava prou l'abastaria.

CANÇÓ

A Lola Anglada

Sota l'olivera fronda
sota l'olivera està:
la donzella la més jove
que és la més bella del mas.

Fadrinets a la pubilla
no la miren ni en passar,
sota l'olivera fronda
una donzelleta hi ha.

Caterineta li diuen
Caterineta del mas:
si no es casa la pubilla
no la deixen festejar.

Té un cantiret a la vora,
una violeta a la mà
i una rosa a cada galta:
tots els fadrinets del pla.

Si no es casa la pubilla
la garlanda no li val.

Un hereu torna d'Espanya
que al servei del rei anà;
si volia a la pubilla
ja no s'hi vol maridar:

Sota l'olivera fronda
sota l'olivera està
la donzella la més jove,
que és la més bella del mas.

La pubilla s'esllanguia,
Caterineta no tant;
si l'una aniria a missa
l'altra aniria a dansar:
a la plaça fan ballades,
la sardana dels galans.

Quan l'hereu la triaria
la voldrien tots plegats:
si la pubilla es fes monja
ella es podria casar.

Caterineta li diuen,
Caterineta del mas;
sota l'olivera fronda
sota l'olivera està.

VORA MERCAT

el vigilant del meu barri
estava mig perdut per mor de l'opereta

per això és que s'ha casat
amb una noia grassa com una boia plena:

ell treu l'aigua del pou
i és ella qui gemega

vet aquí les veïnes com masteguen llur dèria

diu que s'ha mort la Rosa
qui l'hi havia de dir tan frescota com era
però ja se li veia que tenia una pena:
no féu res més de bo des de que el seu marit
[li tustava l'esquena
malviatge faci ell!

vet aquí les veïnes com masteguen llur dèria

vol dir que no plourà
—deixi que el que és avui ni sé com tinc la feina

UNA GITANA PRENYS
PORTA VENTURA NEGRA

vet aquí les veïnes com masteguen llur dèria

SENSE EL RESSÒ DEL DRING

A l'Apelles Llargués

Sense el ressò del dring i el brill de l'or malvat
voldria anar pel món
com el món no en té cura:

que trobés pel camí la noia jove i bruna
i la pogués besar
—l'altra després de l'una—
abans una tonada i després un bell cant;

que en arribar al lloc on m'abrusés la set
trobés el càntir fresc
i amb el càntir l'abraç de la més joguinera;

i que en pujar trescant per la nova drecera
encara em fes adéu:

i jo li llançaria un llessamí per festa
per si no ens vèiem més:

—que encara que besés a un altre caminant
pogués jo anar pel món
sense el ressò del dring ni el brill malvat de l'or.

NOCTURN

—com un fantasma estès
i graponer per terra
s'allargassa mon ombra si em segueix la farola

de tant com s'allargassa semblo una xemeneia
tot jo fet de maons
sota la son que em pesa

—ara el plat de la lluna ha caigut d'un teulat
cèrcol prim de paper:
ha caigut i s'esberla

corre més que no jo si li encercava el pas

s'ha menjat tots els gossos
i ha fet mon ombra enrera

—la lluna s'ha estimbat
per la porta del gat
del forn de pa de casa:
demà en menjaré llesques
amb la nata ensucrada

—el son me té el cor pres
que EL COIXÍ M'ENLLUERNA

CANÇÓ

Amarrat està a la cala
el fornit garcés.
                La mar
per la tonada s'acala:
li arreplega el sospirar.

La cançó que li sortia
el gavot la cantarà,
la dirà de nit i dia:
—Una noia d'Empordà
el brau garcés la volia
i el patró l'enamorà.
No és cert, l'enamoraria,
que l'amor no es pot mercar.
Qui amor barata no estima,
Ella es deleix d'estimar.

Si tumbagues d'or li porta
no li portarà l'amant:
el bru garcés l'haurà morta
mes el patró ni un instant.

Les veles que voleiessin
aprendrien la cançó,
i els gallarets que escoltessin
però sense fer remor.

Fanals de colors encesos
la durien com un tany,
vaixells per la mar estesos
la sabrien com un plany:

Amarrat està a la cala
el fornit garcés.
La mar
per la tonada s'acala,
li arreplega el sospirar.

L'HOME BRU ROS DEL PORT

rosa dels vents
la vostra banderola!
un passaport vers totes les nacions
mentre que tinguin mar:
un lai de comiat on hi és dit

A REVEURE!

desig de no tornar
com no hagin establert telègraf sense fils

tornar
havent begut tants colors de cervesa
que passegeu un deix d'enamorat de nou:

i una àncora flotant
tatuatge del pit.

L'ENAMORAT LI DEIA

Penyora d'amor, penyora—
si tu em besaves, amor,
jo et donaria una rosa.

No fóra mesquí de res,
penyora d'amor, penyora;
—o bé et tornaria el bes
o et donaria una taronja,
una ametlla
o bé l'esqueix
d'una clavellina nova.

No fóra mesquí de res,
penyora d'amor, penyora;
—o la flor del cirerer
o el llessamí
o bé la lluerna
que hagués pogut descobrir
la nostra abraçada estreta.

No fóra mesquí de res,
penyora d'amor, penyora:
que jo em donaria teu
i tu et donaries tota.

Si tu em besaves, amor,
jo et donaria una rosa.

PROMETENÇA

A. Mlle. Bouche
Marie-Louise

escolta amada meva:
si jo anava a una guerra
portaria l'espasa com els guerrers d'abans
duien l'arc de sagetes

lluitaria qui sap per quina ampla bandera
—però millor que fos la de la meva terra:
quatre barres de sang
l'or del cor que voleia

muntaria un cavall de crinera lluenta
i el meu nom s'alçaria
més alt que la congesta

el meu casc
com l'estel

prendria les ciutats
i llurs noies vindrien a rebre'm

no sabria tornar
si tornar no podia amb l'espasa florida

FLOR D'AMETLLER

A Jaume Mercadé

pètal de galta
—quin toc que té
pètal de galta de noia en rosa
aquella noia que hom veu del tren
tota senzilla de tan cofoia

si no és l'enginy caçador d'aloses
—ningú ho atina ara al gener—

o bé una estesa de roba nova
que es fes la núvia
pel maig que ve

o bé una sina
—tot de xuclets.

BITLLET DE QUINZE

l'autòmnibus
                correcte
ara acull al nadó amb la dida que el porta

el nadó és més petit que la mamella d'ella
més petit i més bru:

—tot ell sembla una O
                                de joguina que riu

(la mare deu ser prima
        —bella com un obsequi!)

a dintre de l'autòmnibus el nadó té l'olor
                                [de la llet matonada

jo penso en aquell temps
que
anant a cercar pa
em menjava la torna   si era coca ensucrada

vet aquí que —altre temps—
jo també era un nadó

de cop me feia gran
i em duien al fotògraf

—recordeu el retrat on sóc dalt de cavall
un cavall arrogant
alt i net
de cartró:
i era com al cartell de l'Obiols—
aquell que diu:

JA SOU
DE L'ASSOCIACIÓ PROTECTORA
DE L'ENSENYANÇA CATALANA?

vet aquí que la dida
en amagar-se el pit
ha regada la cara a un senyor de l'autòmnibus

semblava aquelles fulles escurades de nata

QUIN DIA CLAR

Quin dia clar que el cor s'esvera:
ha dit l'abril missa primera
i el sol és dolç i l'arbre riu.

Tu et fas la roba per l'estiu:
color verd-poma és el setí
mes la bruseta blau-marí.

Quin dia clar
                    i és suau el vent.
Fa bona mina tot jovent.

I cada noia com adés
per primavera té promès
—si no en tenia no és defès.

Ara comença la cançó
i la tenora afina el to:

tu et fas la roba per l'istiu
—color taronja un cosset viu.

DIVISA

A l'Alfons Maseres

Viatjar terres
no quedar-se en cap,
amar en totes una noia verge;

creure en la guerra perquè és bo el combat,
cada ferida la sang d'un poema.

Quan Déu ens cridi poder contestar:
—tant estimava que es vessava el veire.

MESTER D'AMOR

A Enric Casanoves

Si en saps el pler no estalviïs el bes
que el goig d'amar no comporta mesura.
Deixa't besar, i tu besa després
que és sempre als llavis que l'amor perdura.

No besis, no, com l'esclau i el creient,
mes com vianant a la font regalada;
deixa't besar —sacrifici fervent—
com més roent més fidel la besada.

¿Què hauries fet si mories abans
sense altre fruit que l'oreig en ta galta?
Deixa't besar, i en el pit, a les mans,
amant o amada —la copa ben alta.

Quan besis, beu, curi el veire el temor:
besa en el coll, la més bella contrada.
Deixa't besar
i si et quedava enyor
besa de nou, que la vida és comptada.

PAISATGE

Ara a les nits al Pirineu
sembla nevar de tanta lluna
—és cert que als pics hi ha encara neu
i és cert també que ho fa la pruna
tota florida que ara es veu.

Sembla quieta i va brunzent
tota empolvada de fortuna,
mira's a l'aigua d'un torrent
i es veu ben blanca
                                        però és bruna
que els roquissers senten turment.

Diu la granota el seu cant ronc
—cant a la molsa i a la runa—
i sembla un home cada tronc,
fidels soldats que té la lluna:
soldats que amaga el núvol bronc.

Cada filera és un camí,
llances esteses una a una;
si el núvol bronc passa per 'quí
cada filera pren tot d'una
l'aire d'emprendre un nou destí.

Clara, rodona, pas rabent
el Pirineu sembla una duna
perquè la lluna es dóna al vent.

—Em plau l'amada com la lluna
en aquesta hora en què re es sent.

LLEGENDA

A Teresa Lostau
de Nogués

Ran mateix del camí
hi ha una cripta tot d'heura
i una Verge tan bella
tan bella
que no sembla del cel,
sinó de pagania
—però els pagesos li diuen Maria.

Els matins que fa sol
ran mateix del camí hi aparien la cleda,
el xaval s'hi ajaça i beu vi
i la Verge se'l mira i l'advera:
—mai s'ha dit que un moltó fos ferit.

A les tardes de pluja i de fred
és tan sola la cripta que la Verge s'hi glaça—
no se sap qui la llàntia li encén
però el cremell de tan viu l'amanyaga,
i no deixa d'anar-hi la garsa.

Mes si en feia aquest vespre de vent!
Pel camí no s'hi veia ni una ànima
i la llàntia es moria rabent:

—dues cuques de llum s'enfilaven
i encenien la llàntia altre temps.

SI JO FOS PESCADOR

Si jo fos pescador pescaria l'aurora,
si jo fos caçador atraparia el sol;
si fos lladre d'amor m'obririen les portes,
si fos bandit millor
que vindria tot sol:

—els carcellers del món no em sabrien mai l'ombra,
si fos lladre i bandit no em sabrien el vol.

Si tingués un vaixell m'enduria les noies,
si volien tornar deixarien llurs cors:

i en faria fanals
per a prendre'n de nous.

DEU-ME UNA SANTA

A Joaquim Horta

Deu-me una santa, enc que no sigui al dogma,
a qui pugui pregar: *Jo pecador d'amor;*
deu-me una santa que hagi estimat força,
que per pregar-li calgui un bes i una cançó.

La santa aquella que, en donar almoina,
si els seus ulls et ferien t'embraçava el coll,
i era el seu tast com la més fina noia
i al coixí del seu pit hom havia el son dolç.

Aquella santa sempre bella mossa;
no havia mendicant que no li fos devot:
era tan clara, blanca, fresca i jove
com nata de primala i com un veire nou.

Jo hi aniria de matí, en 'quella hora
en què deixo l'amiga abans no surti el sol,
quan a l'església obririen la porta:

—duria l'estampeta arran, arran del cor.

LA CASA QUE VULL

La casa que vull,
que la mar la vegi
i uns arbres amb fruit
que me la festegin.

Que hi dugui un camí
lluent de rosada,
no molt lluny dels pins
que la pluja amainen.

Per si em cal repòs
que la lluna hi vingui;
i quan surti el sol
que el bon dia em digui.

Que ·al temps de l'istiu
níui l'orenella
al blanc de calç ric
del porxo amb abelles.

Oint la cançó
del pagès que cava;
amb la salabror
de la marinada.

Que es guaiti ciutat
des de la finestra,
i es sentin els clams
de guerra o de festa:

per ser·hi tot prest
si arriba una gesta.

LA MORT DEL JUST

A A. Schneeberger

Heus aquí l'home que visqué molts anys
i ara és al llit on nasqué i on traspassa;
deixa la vida i no n'oblida els guanys
i diu: «—Volteu-me, que us diré ma passa.

Cada matí per mi sortia el sol
i encara surt, que no pensa deixar-me;
de la finestra jo deia el meu dol:
—Senyor, vull viure, voldria quedar-me.

Tota la terra és comblada d'amor
i com l'ocella, fins els bous que llauren
són plens de goig, que no senten temor
ni han de sentir-lo, que llur petja dauren.

Tens els torrents, mai no paren llur cant,
càstig del cel si algun jorn s'aturava—
així i tot seguirien cantant,
que aprés les flors reviurien llur saba.

Veus el brotar i el granar de tot l'any
talment l'abraç de l'amada qui es torça.
Veus com la mar fins és bella en l'engany,
la mar immensa, manyaga en l'escorça.

Veus els vaixells i els homes ferms que hi van,
i t'hi acompanyes per ser-hi a la vora.
Si ve una guerra, ets soldat al davant,
si la guanyaves beneïda l'hora:

si la perdies estimes la pau
i culls el vi i n'omplenes la copa:
—en temps de v'rema t'ubriagues i escau,
com quan plovia i ta roba era xopa.»

El rostre pàl·lid esdevé més blanc,
l'home qui es mor no vol perdre guspira,
sent que el batec del seu cor no duu sang
i encara parla: quan parla sospira—.

Diu: «—Jo tenia una amiga i un camp,
davant: la platja, i la lluna hi venia.
Matinejava i brillava el meu camp
com si la lluna s'hi ajacés de dia.

La meva amiga, quan jo la prenia,
tota es vinclava com dofí saltant:
si era de nit, com l'estrella glatia;
si era a la tarda, de pler tremolant.»

Diu: «—Jo tenia un vell mas amb balcons
però ja el deixava per córrer la terra,
sols quan tornava recordava els trons
i la falguera que em movia brega.

Havia vist les més amples ciutats
i ulls de mils ponts i de mils foradades
—homes d'un viure com esperitats
prenen els cims, com tu les fondalades.

Inventen estres per a navegar
i per a batre's a sota les aigües,
i llur Babel ara es diu aeroplà,
màquines d'ulls mateix que les àligues.»

Ja són les mans, com el rostre, tot blanques,
i ara ja parla sense centener,
però diu encara: «—No barreu les tanques.
vull dir la vida mentre em quedi alè.

Si no puc dir-la, demano tornar-hi
—que no puc creure en cap cel més serè.»

DIVISA

Fem l'escamot dels qui mai no reculen
i sols un bes els pot fer presoners,

fem l'escamot dels qui trenquen les reixes
i no els fa caure sinó un altre bes.

Fem l'escamot dels soldats d'avantguarda:
el primer bes que se'ns doni als primers.

PREGÀRIA

¿Quin plan teniu, Senyor,
que feu que hom cregui en Vós
en el dolor només?
Jo us oblido el favor,
pobre mesquí que sóc,
per un bocí de pler.
Si em rabejo en el son
i odio el desconsol
i amo l'oblit pervers,
Vós així m'haveu fet!

¿Quin plan teniu, Senyor,
si us dec dolor i pler?

EL POEMA DE
LA ROSA ALS LLAVIS
(1923)

Botons de foc al cor
la fiblada d'amor—
però els déus s'hi tatuaven.

I - *EL DESIG I EL CONVIT*

QUINA GRUA EL MEU ESTEL

Quina grua el meu estel,
quin estel la meva grua!
—de tant com brilla en el cel
sembla una donzella nua.

L'espurneig que em fereix l'ull
són els seus pits quan s'inclina:
si fa un mirall de l'escull
perleja a l'arena fina.

De la meva barca estant
dono al cordill tota mida.
I l'ala clara, sestant,
del gavot que passa, crida.

Oh, el seu flanc rosa i argent
i la trena que es deslliga
volar d'oronella al vent!
cabell desfet de l'amiga.

Amiga del dolç turmell.
—Com una vela s'enfila
espitllera de l'ocell:
si jo llenço el braç, vacil·la,

Vianant vora la mar
prega pels marins que arriben;
si veuen l'estel dansar
moren de tant que sospiren.

Vianant, puja al meu bot
que és lliure de la sentida,
però no diguis ni un mot
si no vols perdre la vida.

Vianant, no parlis, no,
que l'oreig l'acosta, i mira
que et prendrà l'amor senyor
—que el mariner ja sospira.

Aspecta mariner pel qual ell sospira per ella

dependencia cap a la dona

Les tres [quinques] últimes cuartetes comencen amb Vianant

El poeta el que fa es via

Veiem una relació adulterina i secreta.

Versos adreçats a algú a qui pugui entendre'ls

Idealitzat a una tradició medieval
El viatje medieval: Pers. Dant.

La dama, a les altures, idealitzada i imaginada.

DEIXARÉ LA CIUTAT

Deixaré la ciutat que em distreu de l'amor
la meva barca
el Port
i el voltàmetre encès que porto a la butxaca—

l'autòmnibus brunzent
i el més bonic ocell
que és l'avió
i temptaré la noia que ara arriba i ja em priva

li diré com la copa melangiosa és del vi
—i el meu braç del seu coll—
i veurà que ara llenço la stylo i no la cullo

i em faré el rostre pàl·lid com si fos un minyó
i diré maliciós:
—com un pinyó és la boca que em captiva.

PERQUÈ HAS VINGUT

Perquè has vingut han florit els lilàs
i han dit llur joia
envejosa
a les roses:

mireu la noia que us guanya l'esclat,
bella i pubilla, i és bruna de rostre.

De tant que és jove enamora el seu pas
—qui no la sap quan la veu s'enamora.

Perquè has vingut ara torno a estimar;
diré el teu nom
i el cantarà l'alosa.

I EL SEU ESGUARD

i el seu esguard damunt el meu esguard
sóc presoner
que la vull presonera:
aquest matí que una flor m'ha posat
li deia així
baix baixet
a l'orella:
sota els teus ulls, és un bes el que em plau;

AMO L'AROMA

Amo l'aroma d'aquest brot de menta
que duus lligada dintre el teu somrís
fes-me'n penyora tu, minyona esquerpa
com vela nova que torba el garbí.

Les xicres blanques dels pals del telègraf
si ets a la ruta guarden ton camí;
pel brot de menta cap d'elles pledeja—
pledejarien si em veien sofrir.

Perquè vindria de la boca teva
la posaria al mossec de les dents,
fes-me'n penyora, del teu brot de menta:
jo, per pagar-la, ja em donaré teu.

II - *EL CAL·LIGRAMA*, 1

Conclusió, evidentment, estem dins de la sacralització de l'amor. De la mateixa manera que els déus s'hi enamoren, aquest amor també és sacralitza. És una pregària, un desitj no complert i s'imagina la correspondencia d'ella en aquest amor.

El color vermell -> relaciona amb el foc i la sang

En la processó de setmana santa hi ha persones que porten una estampa, la qual la medalla, fet d'or, porta reflectida la imatge de un sant

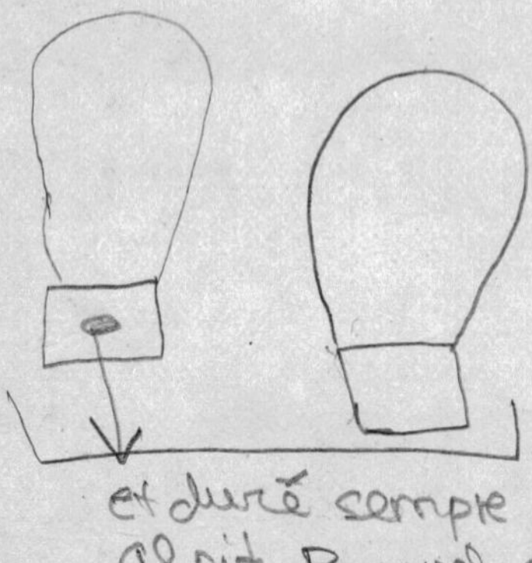

et duré sempre al pit. Record de l'estimada, i el pit es el cor.

JACULATÒRIA

OH TOTA PULCRA

ROSA LA ROSA ET SÓC PREGANT
PÈTAL QUE ES MORÍ TREMOLANT
EL BES DONANT SEMPRE CREMANT
—I UN ALTRE PÈTAL ESPERANT

GOTES DE SANG

ET DURÉ **SEMPRE**
AL PIT

ET SOMNIARÉ
A LA NIT

l'estampeta és d'or

ESPINES DE
LLIGA-AMANT

FERIU MA CARN

III - *LES IMATGES*, 1

I EL VENT DEIXAVA

i el vent deixava dintre la rosella
granets de blat com espurnes de sol
—només per dir com és la boca d'Ella:

com la neu rosa als pics
                    quan surt el sol

IV - *EL DELERÓS MESTER I LA FLORIDA*

Versos pentasíl·labs que rima masculina i femenina i de caràcter arromançat = del romanç, tots els versos tenen una rima assonant.
Només un trenca l'estructura què és l'últim
ab ab ab ab ab ac
Aquest poema es planteja com a mestre de l'amor, ella serà la deixebla, l'alumna.
Entra en un amor materialitzat però superficial ja que l'interesa ella

SER MESTRE D'AMOR

**Ser mestre d'amor
qui no pagaria,
ara que en sóc jo
l'aprenenta em tira.**

**De dir la lliçó
tota Ella s'afina—
ja sap tant el cor
que no li cal guia;
amb un sol petó
la lliçó es sabia.**

**Qui és mestre d'amor
del guany ja pot viure.**

SOTA EL MEU LLAVI EL SEU

Sota el meu llavi el seu, com el foc i la brasa,
la seda dels seus rulls com el pecat més dolç
—i l'espatlla ben nua
ben blanca
l'ombra corba
incitant
de l'esguard:
encara un altre bes
un altre
un altre
—quin perfum de magnòlia el seu pit odorant!

V - *LES IMATGES, 2*

En aquest poema també domina ell, però entra en la petició del bes.

l'espatlla és blanca i l'ombra corba, es fosc per l'ombra -> grisenca. contraposició dels dos colors

Vers 4 = l'ombra corba de la mirada, però podria ser l'interpretació de l'esquena. Podria ser el que rep la mirada, quan ell es corba.

És un madrigal = temàtica amorosa, dividit en dos estrofes.

SI, PER TENIR-LA

Si, per tenir-la, la feria al cor
—era l'ortiga
que alena cremor.

VI - *COLLITA DE PÈTALS*

Té com una semblança amb el Gènesi. La tradició de que la poma és el mal. Adan i Eva diuen a instàncies de la dona de que

el pecat es sexual, però el pecat es ser arribar a ser com Déu.

Decasíl·labs, amb una rima asonant, versos blancs i arromançat → en els parells

MENTRE LA ROBA S'EIXAMORA

Mentre la roba s'eixamora i vola
i tot reposa dins la sesta al sol,
vine, manyaga, on s'escau la pomera—
menjarem pomes i ens direm l'amor.

Esta fent una feina a l'hora que es escau més la calor. L'està invitant a que mengi la poma prohibida i fer l'amor

L'amor que ens dèiem
l'amor que ens diríem.

Fa un joc amb els temps verbals

Aspecte avantguardista

Ai, que et quedava el senyal i tot.

acció passada que no s'acabat

la marca → la pèrdua de la verginitat

VII - *L'INICI*

SERÉ A TA CAMBRA, AMIGA

Seré a ta cambra, amiga, que ningú no ho sabrà:
Cupidell a la porta m'obrirà
i tancarà.

Entremaliat i destre serà Ell qui et prendrà.

I si Tu ets temerosa
no et deixarà cridar.

VIII - *LES IMATGES,* 3

MOCADOR D'OLOR

Mocador d'olor
que la teva sina
acostava al cor:
com que et sap l'enyor
i et sap la pell fina
tremola d'amor.

Mocador d'olor
fragant tarongina,
com li bat el cor!

IX - *CONTENTAMENT*

QUIN TEBI PLER

Quin tebi pler l'estimar d'amagat
tothom qui ens veu quan ens veu no ho diria
—però nosaltres ja ens hem dat l'abraç
i més i tot, que l'abraç duu follia.

La seva cambra si em té enamorat!

¿On és l'espieta que l'amor ens priva?

X - *LA PENYORA EN OFRENA*

TIRANIA DE L'AMOR

Tirania de l'amor
si et vull deixar, dius: no em deixis.

Si Tu em deixaves, sóc jo
qui sóc gelós de que ho fessis.

Englantina del camí
fas goig perquè jo et llueixi:

tota la il·lusió que tinc
la vols teva
quan et prengui.

ÉS FADRINETA I COM UN SOL

És fadrineta i com un sol,
ara als meus braços defallia;
si duu a les celles mort i dol
duu a les pestanyes la metgia.

Si a cada pit porta un robí
em diu l'afany: li robaria.
—Ella els guardava sols per mi,
si ara els volia ara els prenia.

Si l'assentava als meus genolls
era una rosa que s'obria.

XI - *LES IMATGES*, 4

PERQUÈ ÉS ALTA I ESVELTA

Perquè és alta i esvelta
tota es sap estremir.
Si els cabells li penjaven
com el fruit del raïm
pels clotets de la sina
s'hi perdien gotims!

—Més avall si arribaven
floria l'omelic.

XII - *COLLITA DE FRUITS*, 1

Es una associació entre la religió romana -> mitològica. Amb la religió cristiana. (apareix el Déu cristià i el Déu de l'amor romà) Està barrejant tradicions.

Entra en un joc (locucions

Déu mana a cupido -> déu enternalia

ULLS CLUCS L'AMOR

ulls clucs
          l'amor
sap que la vida sempre és una festa

una cançó
Déu se l'estima com la llàntia encesa

ulls clucs
          l'amor
Déu li manava que es lligués la bena

passava jo
i ara es venjava fent que fossis meva:

          xiula i feineja
          fa ta cambreta

XIII - *EL CAL·LIGRAMA*, i 2

RESA UNA NOIA EN MON BATELL:

«oh viens tout près de moi
puis pose avec émoi
tes lèvres sur ma bouche
—dans un baiser farouche
je serai toute à toi!

si no li duia cap cançó—marineret

qui no vigila—corsari ve i li pren l'aimia—

corsari ve i li pren l'amor

SOTA LES VELES LA CAPTINDRÉ

Com sé que es besa
la besaré

MARSEILLE PORT D'AMOUR

NOTRE DAME DE LA GARDE PRIEZ POUR NOUS

joc poètic → diminutiu
baixell
sexasíl·labs de rima assonant
o vine aprop meu
des prés posa emoció
sobre la meva boca
en un bes ferotge
jo seré tot per tu
octosíl·labs
separats per guions
octosíl·labs → tòpic de la cançó popular
estimada
heptasíl·labs
decasíl·lab cesura
heptasíl·labs
No l'esta besant està dient que ho farà. Es repeteix el bes per captindre l'estimada → forma l'amor
esquerra pregària sensual. Símbol del bes
manera d'enamorar l'estimada
En saber és típica idea de robar, sobretot l'estimada
Sacralització de l'amor i ... del vers.
L'estimada es diu Margot i quan la troba a França li dedica el poema.
Es podria dividir en tres parts: consells, pregària ~~amor~~ diàlec
collage lingüístic (Francés i Català)

XIV - *COLLITA DE FRUITS*, 2

Té ja una posició definitiva sobre la noia

Trobem que és un poema molt sensual i en el vers set trobem una comparació entre ella i la mel.

Poema en la qual la despulla de dalt a baix

Té la idea de la fecunditat, ja que és una referència bíblica,

És la promesa que Déu els li fa quan marxen d'Egipte i se'n van cap a la terra promesa

El pit també té la idea de fecunditat, relacionat amb la llet.

Després de la sina va baixant. L'estructura circular → desitg de despullar-la.

La sina després de la toia. ~~la llet~~
els clavellets vermells. -faltaria que la
~~toia~~ va referida al sexe
↓
referida al ram de flors
els clavells → faria referència a la rosa → la passió.

SI LA DESPULLAVA

Si la despullava
oh, la meva amor!
un botó que queia
ja em donava goig
—ara la bruseta
i el cinyell tot pret,
mel rosada i fresca
la sina després:

al mig de la toia
clavellets vermells:

VISCA L'AMOR

Visca l'amor que m'ha donat l'amiga
fresca i polida com un maig content!
Visca l'amor
l'he cridada i venia
—tota era blanca com un glop de llet.

Visca l'amor que Ella també es delia:

visca l'amor:
la volia i l'he pres.

BLANCA BRUNA

blanca
bruna
i fina com un pa de mel
—més que una amoreta collida al carrer

la seva geniva floria de sang
verge i desvestida
—joliu dolençant

camisa de seda com la lluna al ple
la rosa vermella floria també:

si ahir era poncella ara és mon tresor
—com la satalia cada pit rodó

Ara no diu que es seva totalment, sino, que ha entrat en l'acció.

Finalment compara sandàlia, un tipus de rosell, amb el seus pits. Entrarien amb el joc floral amb la comparació dels pits.

No es un crit de festa exaltat sinó una reflexió: ha estat bonic.

XV - *LES IMATGES*, i 5

I QUAN CONFIATS ELS ARBRES

1

i quan confiats els arbres es vesteixen
ignoren els seus ulls
nit dia sol estelada plena

i les rodes de la fortuna de la seva sina

i el misteri de la rosa vermella dels seus colzes

ignoren el seu ventre
damunt la cripta ufana
que flameja el seu cos

vas de l'amor
llet i mel en son clos
flor d'atzabeja:

—quan confiats els arbres es vesteixen
Ella és la Primavera

i 2

com una fletxa el seu mentó
quan besa
—com una fletxa els seus braços alçats

la seva sina com una sageta
—una sageta el seu gest marxant

fletxa
arc
sageta
sagrari de carn;

i la joguina
com la més tallant

La seva manera de fer, de moure's la infantesa
Incideix en el enamorament.

Anàlisi formal: Irregularitat mètrica. Rima asonant i masculina. Les figures literaries asinereci. Una dieresi

XVI - *LLEGENDA*

Poema d'una estrofa de 3 versos de octosíl·labs síl·labes. Caràcter avantguardista cesurats per els parèntesis. Condemna que fa (5+4)

l'amant per la totalitat del seu amor

Estil de cançó popular. Intertext a la cançó popular, ~~aq~~. Torna a ser el robatori que faria salvat en accions amoroses.

SI N'ERA UN LLADRE

Si condicional

(Si n'era un lladre cor-robador,
mirada bruna, llavi de foc.
—Ai, la padrina, m'ha pres el dot.)

descripció de dalt a baix

fosc amb matisos de rojos

Aparta la dona quan es casa → Pèrdua de la virginitat

Força, poder

Motiu de la cançó popular. Es queixa a la padrina. L'amant li a pres el dot i li demana a la padrina ajuda

↓

aspectes populars

↓

Referència a la lírica popular, a l'igual que "Si n'era"...

XVII - *EL SOMNI I LA ROSADA*

LA CARN FA CARN

La carn fa carn
el vi fa sang
—com és segura
l'ombra d'Islam!

A l'ombra mate dels meus pruners
l'amiga em renta i em besa els peus.
Oli d'ametlles
oli d'arrels—
naixien ales als meus turmells.
—M'estreny l'amada contra els seus béns.

Àmfora plena
del vi més clar,
del vi més negre
que ha fermentat.

Cap llavi crema com els vermells
de l'amor meva quan dóna el bes.
Tan fina és Ella que em dicta el vers.
—Prenc els seus muscles i el seu coll tens
com una pruna que ara caigués.

S'ou la musica
de cent llaüts,
clara i divina
sota els seus rulls.

Terra d'Aràbia, terra corser
d'alta crinera, bridall desfet.
El sol l'encalça, l'amor molt més:
amiga, amiga, no reposem
—un floc ma vida en el teu cabell!

La lluna és bella
si feia el ple:
a ta vorera
no ho fóra gens.

Copa vessada, veire roent
com la pregària de Mohammed,
la meva amada, si el goig la pren
sota les tendes dels meus pruners.
—I el seu somriure, tremir d'estel.

Voltes de marbre
dels seus dos pits,
mesquita blanca
del meu delit.

QUIN DESVETLLAR-ME

Quin desvetllar-me el seu cos tot nu
(era un fanal que em feria la cara:
—quan a ciutat plou tot queda com Tu,
nacre lluent de l'una banda a l'altra.)

Ja et sóc fidel com ho és el rat-penat
que viu esclau al voltant de la nitra;
digue'm per què, sota el braç i amagat,
tens un secret com d'ulls negres que em mira.

Dius mon amant, com un desmai d'onada
que el iol l'esquinça sota el ventre moll.
Per aquest breç jo també et diré: amada
—però el teu secret, negre negre, em té tot!

MES D'AQUEST SOMNI

Mes d'aquest somni d'Orient
ens despertava el bell matí;
era el llençol trement trement,
la seva carn com de setí.

La lluna encara al firmament
es reflectia al seu coixí
—jo la deixava tot tement
si algú ens vindria a descobrir.

I el nostre bes era tan llarg
com la nit curta en el seu braç.

XVIII - *ARA, I CADA DEMÀ*

SI ANESSIS LLUNY

Si anessis lluny
tan lluny que no et sabés
tampoc ningú sabria el meu destí,
cap altre llavi no em tindria pres
però amb el teu nom faria el meu camí.

Un ram de noies no em fóra conhort
ni la cançó sota el dring de la copa,
vaixells de guerra vinguessin al Port
prou hi aniria, mariner de popa.

Si jo posava la bandera al pal
i era molt alta, t'hi veuria a dalt.

XIX - *CARTE-LLETRE*

Tot el poema general és un somni
Salvat estava malalt i per curar-lo,
llerofisme

Hi ha trets avantguardistes en Salvat
-. Versos escalonats
-Poca puntuació

Allò es una grua, un estel i a partir
d'aquí comença la imaginació, que es idees?
un somni.
els dos versos finals → els rails es la
succeció, que el té agafat i ha deixat
anar la imaginació, però aquí
guanya la realitat perquè els rails
el tenen agafat.

RAILS I MÉS RAILS

rails i més rails
—i més rails
i més rails—
(la xemeneia fa el seu nom blanc
en marxa)
jo resto pres per la xarxa dels rails:
cor i desig com unes mans lligades

(si xiula fort
penso que m'ha cridat)
—perquè enyora l'amant
i jo l'amor del cos
i el de l'amor només de l'estimada

i ara imagino
el seu bes i el seu braç
i és sols l'agulla dels rails
i la màquina

MÉS RAILS QUE VOLS D'OCELL
LA MATINADA CLARA

XX - *TANCA*

Versos octosíl·labs cesurats, asonant encadenada quarteta. Referència a Joan Maragall

personificació del pi, el qual ens dona la mà. El joc poètic està en l'espai natural.

L'altra banda de la serra
té un encís que no he dit mai
—per la joia que m'espera
cada pi em dóna la mà.

→ secret de la personificació referència

deixar la ciutat i anar-se'n a un ambient natural

ÓSSA MENOR

(Fi dels poemes d'avantguarda)

(1925)

A Xavier Nogués

ROMÀNTICA

el clar de lluna és un lladruc de gos
quelcom que compromet

bub gub gub
bub bub
gub bub bub bub
gub
gub gub
bub gub
bub bub
gub

—com una arcova amb llum
la ciutat quan fa lluna

—quan és feta d'una ungla
l'endemà al matí tots els gats s'han fet sang:
al cap i a les orelles s'han fet sang

—i la mar fa

bub bub gub gub bub bub gub gub
gub gub bub bub

OMEGA

l'hora floreix
rosa
vermella
roja i escarlata—
jo sé la noia que es deleix
i l'hora passa
dansa que dansa—
el meu rellotge té un panteix
sageta d'or i plom a la vegada

—

l'hora floreix
i és el meu cor com l'esponja espremuda—
ara una esponja que raja d'escreix
(algú emborratxa
amagat
les agulles

—

cada minut cau com l'aigua de neu
llà on és l'amiga—
i a prop meu cau com l'espurna
ferida.

PROVERBI

A Joan Llimona

Si escoltes el teu fons seràs content de viure:
hi ha marge per fer el bé
hi ha marge per fer el mal
—si la rancúnia et mou et vagarà d'occiure
(però el bo és com el somrís de l'aigua a la canal.

TARDA D'ISTIU

A Marian Llavanera

Sota la pineda
que és gerda i és verda
descobrir el cel a través del fullam!
Els ocells passen talment fossin peixos,
com si veiessin el fons de la mar.

I és un vaixell, escatat, l'aeroplà.

—

Sents pel sotrac a l'orella encantada
que per les rutes passa un autocar—
amb gents que han fet molts diners
per la guerra,
i de passatge se'ls volen gastar.

Amb una pols que de res els servirà.

Veus la ciutat—
estirada a la platja,
com una esclava que es mor d'enyorar;
jove i rebel
melangiosa i cansada—
sempre una mica malalta que està.

Sota la pineda no t'hi cal pensar.

I si tenies un llibre a la vora
—modern o antic
que si és bo tant li fa—
i una fontana que ragés tothora,
i com tu
            a terra
                        estès el berenar,
tota ambició donaries de grat.

Oh, aquell qui té fins l'amiga al costat.

—

Veus, jo ara et dono mon cant
regalat.

PRONÒSTIC CIUTADÀ

Per Sant Miquel temps de magranes
i d'abrigar-se un xic per dins;
s'acaba el so de les tronades
pel de la pluja de xim-xim.

Porten els trams vidres que tanquen,
i cal maldar de la corrent;
si van de llarg les noies maques
ve un llanguiment per tot l'hivern.

De veure el vent despullant plàtans
sense motiu ja es té calfred,
i si ens atrapa al vespre un xàfec
sota els balcons plora el barret.

Hom ja s'acotxa un xic més d'hora
perquè així es fa, per mor del llum;
i els dels diaris, quan és l'hora,
fins us eixorden en ser lluny.

NOCTURN PER A ACORDIÓ

A Josep Aragay

Heus aquí: jo he guardat fusta al moll.
(Vosaltres no sabeu
                    què és
                              guardar fusta al moll:
però jo he vist la pluja
a barrals
sobre els bots,
i dessota els taulons arraulir-se el preu fet de l'angoixa;
sota els flandes
i els melis,
sota els cedres sagrats.

Quan els mossos d'esquadra espiaven la nit
i la volta del cel era una foradada
sense llums als vagons:
i he fet un foc d'estelles dins la gola del llop.

Vosaltres no sabeu
                    què és
                              guardar fusta al moll:
però totes les mans de tots els trinxeraires

com una farandola
feien un jurament al redós del meu foc.
I era com un miracle
que estirava les mans que eren balbes.

I en la boira es perdia el trepig.

Vosaltres no sabeu
                    què és
                              guardar fustes al moll.
Ni sabeu l'oració dels fanals dels vaixells
—que són de tants colors
com la mar sota el sol:
que no li calen veles.

MADRIGAL

Plovia a la vinya
i el raïm madur
de l'aigua es polia i era negre i dur:
quan el sol sortia
dos gotims diria que eren els teus ulls.

JUNY

Per Sant Joan, amiga, te'n faria retret
si és cas que no venies al festeig que tindrem.
Cada noia fadrina demanarà un promès,
l'alfàbrega i la ruda voldran llum dels estels.
Sentiràs com s'esberlen de claror els fanalets.
Farem focs d'artifici com no es veu en els cels
perquè caiguin estrelles
                                        i en bombes de paper
pugin de nou enlaire enduent-se'n els precs
—i el teu
                si t'atrevies
                                        que és un prec que conec.
Tu els clavells regaries. Jo et robaria un bes.

MINVANT

La lluna vídua alegre
per no dir que ha perduda la nit
s'ha quedat passejant fins migdia
—mig partida però
que un ocell li somreia—
i tan pàl·lida i trista
que ensenyava el neguit
i una son que la colga d'un fil

d'un fil prim
que amb el sol es desfeia.

NOVEL·LA

I

Tenia tant que era pubilla,
pro el seu esguard era més bell.
Tenia tant que cada dia
la pretenia un nou hereu:
Tenia tant
que fins tenia
l'amor meu.

—

Oh, l'amor meu que no es partia
i ara el colpia un nou agrat!
Era més pres si més fugia—
qui sap el cor quant pot donar:
No hi ha sentit com la follia
d'estimar.

—

Tal com el nàuxer qui es desvia
perquè ha perdut l'estoig dels vents
i és a una estrella que es confia
—més a la sort que no a la ment—
així era jo vora l'amiga
de turment.

I era el meu plant com mai seria
si un altre amor no el pren encar;
i d'aquest plant es captenia
com cap hereu mai no ho dirà;
érem tots dos dintre la via
del pecar.

II

Que m'enamora una fadrina,
des del cabell fins al turmell,
i en cada pas, perquè és altiva,
i duu a la sina dos estels.
I al joc d'amor tota s'afina
que s'hi perd.

—

Que m'enamora quan es dóna
sabent que en joc tot ho perdrà;
un vers i un bes ja l'eixamora,
pro una abraçada més que mai.
D'haver dit sí
que m'enamora
son esglai.

III

Santa Madona de la Guarda:
com són al Port vostres vaixells,
guardeu l'afany de ma estimada
i el meu voler, que s'hi deleix.
Si ens separaven l'un de l'altre,
no ens deixeu.

—

Tota la terra de Provença
sabrà son plor
i el meu dolor:
Santa Madona de Marsella
cada vaixell s'enduu mon cor.
Si l'atrapeu
feu del cor d'Ella
ma presó.

—

Lladre d'amor, quin dol prenia
que ara el desterro em fa tant mal:
era donzella, era pubilla,
era fadrina sense igual.
Lladre d'amor
tota ma vida
se n'hi va.

BALLET

A Josep Mompou

El sol
traint la sesta
folga amb el rostre encès la cortina adormida.

—

Així com una anguila quan és presa
s'esmuny la meva amada a ma follia:
—però el seu llavi és vermell
com el llum que duu el tren
i el banderol
i el disc
i el senyal de la via:
així com una anguila quan és presa
son cabell
com l'instint
cau damunt la carn viva.

—

Oh, quin pler una gota de sang
viatgera del coll a la sina.
Així com una anguila quan és presa
es caragola
de cop
la cortina.

ARQUER D'AMOR

Si et veia la sina
veia dos fitons;
oh, deixa'm, amiga,
que provi el meu pols.

Si un pit et sagnava,
beuria ta sang;
si et sagnava l'altre,
amb les dues mans.

Obre ben bé els braços
i acluca bé els ulls:
si la carn no es bada
la vida s'esmuny.

Quan sentis ma boca
aguanta l'alè—
t'estremiràs tota
i és quan jo et prendré.

Amiga, la vida
és una cançó.
Jo canto ta sina,
arqueret d'amor.

L'OFICI QUE MÉS M'AGRADA

A Jordi López-Batllori

Hi ha oficis que són bons perquè són de bon viure,
mireu   l'ésser fuster:
—serra que serraràs
                    i els taulons fan a miques,
i de cada suada deu finestres ja han tret.
Gronxada d'encenalls, et munten una taula;
si ho vols, d'una nouera te'n faran un cobert.
I caminen de pla—
damunt les serradures de color de mantega.

I els manyans   oh, els manyans!
De picar mai no es cansen:
pica que picaràs i s'embruten els dits;
però fan unes reixes i un balcons que m'encanten
i els galls de les teulades
que vigilen de nits.
I són homes cepats
com els qui més treballin.

¿I al dic? Oh, els calafats!
Tot el Port se n'enjoia
                    car piquen amb ressò

i es diu si neix un peix a cada cop que donen
—un peix cua daurada, blau d'escata pertot.
Penjats de la coberta, tot el vaixell enronden:
veiéssiu les gavines
com els duen claror.

I encara hi ha un ofici
que és ofici de festa el pintor de parets:
si no canten abans, no et fan una sanefa,
si la cançó és molt bella deixen el pis més fresc:
un pis que hom veu al sostre
que el feien i cantaven:
tots porten bata llarga
de colors a pleret.

I encara més
si us deia l'ofici de paleta:
de paleta que en sap
i basteix aïxoplucs.
El mateix fan un porxo com una xemeneia
—si ho volen
sense escales
pugen al capdamunt;
fan també balconades que hom veu la mar de lluny
—els finestrals que esguarden tota la serralada,
i els capitells
i els sòcols
i les voltes de punt.
Van en cos de camisa com gent desenfeinada!
Oh, les cases que aixequen d'un tancar i obrir d'ulls!

EPITALAMI D'UNES NOCES DE MAIG

A M. A. Espinal

Amic, quin trot galant
si aquesta nit avances la nit de Sant Joan—
la nit de Sant Joan que és nit de meravella,
i és damunt cada bes que neixen les estrelles.

Digue-li al teu amor l'enveja que li hauran altres donzelles
i eixuga-li aquell crit mica de plor,
que és en la noia verge quan el seu cos floreix una rosella.

I para compte al goig del seu desmai.

Que Cupidell us furti
i no pugueu vestir-vos si feu curta l'empresa.

LA MEVA AMIGA COM UN VAIXELL BLANC

Aquella verge vinclada als meus braços
tota es donava però ha fet un gran crit.
—Oh, amat, no temis! —em deia
ajocant-se:
—No hi ha a la terra cap glavi més fi.

Cerca pel món, que no en trobaràs d'altra
que et faci ofrena d'un amor tan pur.
No em deixis, no, que el teu bes m'amanyaga:
¿com ho faria, si era sense tu?—

I ara s'alçava i jo la vestia
i els seus cabells destrenava pel coll.
La carn, flotant al mossec de la vida,
s'enorgullia de la comunió.

—¿Què més voldràs, si el meu cos que et guardava
ara ja és teu, i elevarà el teu cant?—
I amb els peus nus, de puntetes, mirant-me:
—Quan corris món, el meu nom ¿què et dirà?—

A cada mot més la veu endolcia,
i jo era alhora l'heroi i l'esclau:
—No et deixaré
et diré el nom d'amiga.
La meva amiga: com un vaixell blanc.

I encar de nou la prenia en mos braços
—ja era el seu ventre més alt i més fort.
I a cada pit un vermell:
                                        dues brases
com la punxada del llavi i del cor.

PESOMBRE

Lluny de ciutat, quin repòs
—i quina ànsia—
a mitjanit em desperta un soroll:
dormo tan prim que el cloquer, que ara canta,
em fa l'efecte que crida a tothom.

Fins a dir dotze cada campanada
deixa un ressò que anuncia un retorn.
¿Per què serà que la gent no s'afanya
i encar no es lleva, si comença el jorn?

En el silenci el capçal m'afalaga—
veig una estrella i milers en redós;
però en veig sols una, perquè aquesta em guaita
i el capçal i ella em tornen la son.

En somniar, a ciutat faig entrada
a mitjanit
i, ara escolto un fox-trot.

ARA NO ES FA, PRO JO ENCARA HO FARIA

A Joan Merli

Ara no es fa, pro jo encara ho faria:
una galera armaria de nits
o un galió
amb les veles més fines,
i amb cent pirates com la meva sort.
No pregunteu quines mars fendiríem
—foren aquelles on calgués valor.

Ara no es fa, pro jo encara ho faria:
ells foren lladres de l'argent i l'or
i foren lladres si perles hi havien
—jo robaria només per amor.
Fos amb engany
si de grat no venien,
jo robaria les noies dels Ports.

I encar sóc cert de trobar una illa
on les penyores pogués amagar
i fer pagar les més belles estrenes
de les donzelles sota el meu capçal.
Al pler del vent, desplegades les veles,
voldria ésser el més brau capità.

Ara no es fa, pro jo encara ho faria
—si d'un amor sofrís el desengany—
lligar l'atzar de la mar a ma vida
i anar tan lluny que no pogués tornar.
Oh, si el vaixell duia el nom de l'amiga
—de tant d'enyor llanguiria la mar.

VILETA D'ARLES DIUMENGE A LA TARDA

Vileta d'Arles diumenge a la tarda
—tot de padrines amb còfies de neu—
sota el cloquer immortal que s'aguanta
canta el mainatge cançons d'altre temps.

A cada porta és escrit: serenada,
amb guix tan blanc com la calç de bell fresc.
I una fadrina que passa us esguarda,
i ja sou d'Arles, perquè en sou corprès.

Una fadrina
i una altra i una altra;
vileta d'Arles que guarnida que ets!
Els teus minyons que a la guerra marxaven
sols tornarien per fer de promès.

I una velleta que puja a l'església
i un estranger sempre bocabadat;
tota la plaça amb banderols de festa
i un xocolata com no n'heu tastat.

PROVERBI

Així la rosa enduta pel torrent,
així l'espurna de mimosa al vent,
la teva vida, sota el firmament.

BATZEC

A Joan Garriga Manich

o! aquell encavallar-se
la cadena del pou

0
0
0 0
0 0
0 0 0
0 0 0
0 ¡0
0
0
¡0!
¡00O

i l'esglai del desprendre's

—la Carme
de treure aigua
va tenir una nena amb el llavi partit

APÈNDIX
POEMES DISPERSOS

AMADA, AMADA[1]

Com te veig
sense veure't ni tenir-te al davant!

Ara mateix,
m'apar com si corressis.

Vers la meva cabana d'il·lusions.

Amada,
vas lleugera de roba.

I, en corrent,
tos pits saltironegen en son si.

Aprés bojament rius,
—en adonar-te'n—,
talment com una nena enjogassada.

A prop de la cabana has arribat,
amada.

1. "Un Enemic del Poble", núm. 10 (1918), p. 2. — Reprod. dins *Mots-propis i altres proses*, a cura de J. M. Sobré, Barcelona, 1975, pp. 44-45; *Tres poemes*, a cura de J. M., "Els Marges", núm. 4 (1975), pp. 53-54.

I dolçament m'esguardes.

Per què acotes el cap, avergonyida?

Amada,
jo ara et vull fecundar:

Perquè un infant alletis
—que sigui com un déu.

I els homes beneeixin
els teus sins

i el teu córrer.

(*LE TRÉFONDS DES TRÈS FORTS ET LE FAIBLE DES AUTRES*)[2]

La Lena anava mig nua i quiscú constatà que tenia uns petits pèls follets sobre els omòplats; "què és ço que aneu a fer junts?", demanà un convidat.

—Guaiteu! jo li mullo les pantorrilles, les cames i la planta dels peus; li passejo una agulla sobre l'espina dorsal i durant aquest temps ella em mossega dolçament la mà esquerra. Quan els amics varen ésser fora: "Cal dir-los... estimada... però nosaltres, amem i això és tot, no?".

En tant els amics anaren a llurs cases, cercaren agulles i es preguntaven a quin indret de l'espina dorsal calia... L'un d'ells es barallà amb sa muller qui parla de fer-lo tancar.

MAX JACOB

2. "Un Enemic del Poble", núm. 17 (1919), p. 2.

MISSENYORA LA MORT,[3]

ha volgut visitar-me
dins les quatre parets de ma cambra
tancada.
Vestia-la una túnica vermella,
i sense soroll d'ossos s'arrossegava
impúdica en son pler.

Missenyora la Mort,
tenia els ulls d'instant.
L'instant que pot occir-me
i pot enamorar-me:
perquè sóc delitós de calenta fretura.
Son rostre fit al meu.
Pro jo ja l'esguardava
perquè s'avergonyís de ses passions,
car m'era el patiment per ma obra
d'esperit.

Missenyora la Mort
m'ha fet una ganyota de menyspreu,
i mercè d'esvair-se
de les quatre parets.

3. "La Columna de Foc", núm. 5 (1919), p. 2 — Reprod. dins *Dos poemes oblidats d'en Joan Salvat-Papasseit*, "Oriflama", número 144 (1974), p. 43.

ÉS TOT FOSC I JO AL LLIT,[4]

i em rosega el pit
una bèstia avara.

Sorolla la nit
i jo en tinc neguit.

Bressol d'atzavara
diria el meu jaç:
suara m'amara,
suara em deix las.

4. "La Columna de Foc", núm. 5 (1919), p. 2. — Reprod. dins *Dos poemes oblidats*, 43.

CANÇÓ DE L'AMOR EFÍMERA[5]

A l'Enric Casanovas

O bella inconeguda passatgera del tram
qui tens un posat rosa i un esguard ple de sol;
qui mostres una sina cobertora de dol
i et vesteixes, discreta, la bruseta d'estam.

O bella inconeguda qui ets menuda i audaç
i que sense companya t'arrisques a la platja;
i no tems l'escomesa del fillol qui s'assatja
al domeny de les ones, i te'n prega el teu braç.

O bella inconeguda qui en sentir la malícia
de les ullades frèvoles, tota t'has commogut...
tancades les oïdes a mots que el vent s'ha endut,
bo i sospirant potser pel goig d'una carícia.

5. "El Dia", 21/II/1920. — Reprod. dins Joaquim Ventalló, *Salvat-Papasseit, lluitador contra les injustícies socials i contra l'ocupació de Catalunya*, "Xaloc", núm. 74 (1974), p. 95 (amb alguna variant: els versos organitzats sense formar estrofa, substitució del 'qui' per 'que'); *Tres poemes*, p. 55; *Poesia completa*, ed. facsímil, 1.ª edició ampliada, Barcelona, 1977, p. 359 [tret de Ventalló, art. cit.].

O bella inconeguda, del tram t'he vist baixar;
—i avui t'he somniada, i et somniaré demà—.

Gener 1920.

EL BELL ASSOLIMENT[6]

a Na Teresa Carner

He conegut l'amic en el temps de l'angoixa
i d'això el goig que en ve.
No he conegut l'amiga:
he conegut l'esposa, que és florir de roser.

La mare he coneguda qui fent randa de penes
ens ha aconseguit grans;
i un lleu record del pare
qui —cercant, viatger, la Fortuna— em deixava en tresor
[un germà.

Darrerament encara, un tros de mi mateix, o meravella!
com jo d'altri só un tros:
la joliua filleta,
a qui amb cançons adormo i amb deures vetllo el son.

6. "El Dia", 10/IV/1920. — Reprod. dins Ventalló, art. cit., p. 95 (amb els versos organitzats sense formar estrofes); *Poesia completa*, p. 357 [tret de Ventalló, art. cit.].

CANÇÓ FUTURA[7]

Guerra la guerra, fem-nos soldats:
serà la terra pels catalans.

Gent de Castella, deixeu-nos pas!

Feu-vos enrera la host vilana.
La mar és nostra!. La branca ufana
quan l'estol passa.
La malvestat
s'és feta eixorca si som triomfants:
serà la terra pels catalans.

Duem estrella i penó barrat,
guerra la guerra!
L'ardit es bat
per una engruna dolça de pau:
si perd l'engruna vol llibertat.

7. "Proa", núm. bis (1921), p. 1 (en prosa; reprod., amb una lleugera variant de composició, dins *Tres poemes*, p. 56); "Ressorgiment", X:106 (1925), p. 1728 (en vers i amb alguna variant; reprod. dins Emili Segués, *Antologia de la poesia patriòtica catalana*, II, París, 1976, p. 217); "Som", núm. 3, p. 1925 (en vers; reprod. dins Ventalló, art. cit., p. 94; *Poesia completa*, p. 349). — Cf. Joaquim Molas, *Sobre la "Cançó futura", de Joan Salvat-Papasseit*, "Els Marges", núm. 10 (1977), pp. 105-107.

Serà la terra pels catalans.

Gent castellana, l'allau no us val!

QUAN SÓC A CASA[8]

De tot petit no me'n recordo gens,
pro diu la mare que els fills se m'assemblen;
La més grandeta fa imatges de res,
la més menuda es rabeja per terra —

diu que jo ho feia igual que un porquet.

La més grandeta té tres anys i mig
i vol la lluna dintre el seu senatxo:
la més menuda, deu mesos, ja em riu,
diu papa i mama, i menja amb nosaltros —

no us penseu ara que li dem pa amb vi.

8. *La Mainada. Calendari per a 1923*, Barcelona, 1922, p. 62. — Reprod. dins Tomàs Garcés, *Sobre Salvat-Papasseit i altres escrits*, Selecta, Barcelona, 1972, pp. 55-56; *Poesia completa*, p. 347. — En les tres edicions, el primer vers diu: "De tot petit que no me'n recordo gens". Garcés, en nota, adverteix: "Sic. Hi deu haver una errada. O hi sobra el 'que' o hi falta un mot" (p. 62). Per dues raons, crec que el 'que' és una errada d'impremta i, per tant, l'elimino: 1) no fa sentit; 2) trenca la unitat del poema, compost, tot ell, amb versos decasíl·labs. (Malgrat les extorsions accentuals i de tota mena, ben característiques de Salvat. Un exemple: el darrer vers, per tal de mantenir el nombre de síl·labes, converteix el 'res' en 're' i, amb prou violència, obliga, a més, a llegir: *rear-ren-ca.*)

Al ballmanetes les dues hi són,
la meva falda no els hi faci gelos;
si l'eucaliptus llença un raig d'olor
diu la més gran: —Mira, un arbre de peixos.

La més petita per re arrenca un plor.

LES GORGES[9]

A Sant Martí del Canigó
la veu ressona que us esglaia.
Diu: Catalunya!
i la remor
sempre contesta:
Esclava a Espanya.
Si prens coratge
els ulls al cel
i alces el braç — gest de venjança,
a Sant Martí sents una veu
i a cau d'orella:
També a França.

Vernet-les-Bains
26 d'agost de 1923.

9. "Pont Blau", núm. 26 (1954), p. 424. — Reprod. dins Ventalló, art. cit., p. 94; Segués, *op. cit.*, I, p. 73; *Poesia completa*, p. 351.

ÍNDEX

Pròleg VII

Cronologia LV

Bibliografia LXXIX

Criteris d'edició XCIII

POEMES EN ONDES HERTZIANES
(1919)

Lletra d'Itàlia 5
Bodegom 7
Columna vertebral: sageta de foc 8
Passeig 11
Drama en el Port 12
Linòleum 15
Plànol 16
Interior 19
El record d'una "Fuga" de Bach 20
54045 22

L'IRRADIADOR DEL PORT I LES GAVINES
(*Poemes d'Avantguarda*)
(1921)

Canto la lluita 27
Els tres Reis d'Orient 28
L'absurd 29
Passional al metro (Reflex n.° 1) 30
La femme aux oranges (Reflex n.° 2) 31
Encara el tram 32
Encara el Port 33
Esgarip 34
Vibracions 35
Marxa nupcial 39
Posta 42
Epigrama 43
Nadal 44
Diumenge 45
Inici epitalàmic-film 46
Vespreja i neva 47
Pantalons llargs 48
Tot l'enyor de demà 49
De dalt de tot del cel 52
Res no és mesquí 53
Les formigues 55
Aquell vell mariner 56
Dóna'm la mà 57
Poema sense acabar 58
Damunt mon vaixell 60

LES CONSPIRACIONS

(1922)

El somni 65
El deixondir-se a Castella 67
Visió del Guadarrama 69
Ampla és Castella 70
L'Epifania a Castella 71
La cortesia 72
Pregó 73
Tornada 74

LA GESTA DELS ESTELS

(*Mostra de poemes*)

(1922)

Divisa 79
Crítica 80
Estenies la roba al terrat 81
Una bandera blava 82
Si jo em llevava de bon dematí 83
El berenar a les roques 85
Pasqua Granada 86
Venedor d'amor 87
Quan de bon dematí 89
Vetlla, revetlla 91
Platxèria 92
Estampa japonesa 93
Passeu del Port 94
Cançó 95
Vora mercat 97
Sense el ressò del dring 98
Nocturn 99

Cançó 100
L'home bru ros del Port 102
L'enamorat li deia 103
Prometença 104
Flor d'ametller 105
Bitllet de quinze 106
Quin dia clar 108
Divisa 109
Mester d'amor 110
Paisatge 111
Llegenda 113
Si jo fos pescador 114
Deu-me una santa 115
La casa que vull 116
La mort del just 118
Divisa 121
Pregària 122

EL POEMA DE LA ROSA ALS LLAVIS (1923)

Botons de foc 125

I. El desig y el convit

Quina grua el meu estel 129
Deixaré la ciutat 131
Perquè has vingut 132
I el seu esguard 133
Amo l'aroma 134

II. El cal·ligrama, 1

Jaculatòria 137

III. LES IMATGES, 1

I el vent deixava 141

IV. EL DELERÓS MESTER I LA FLORIDA

Ser mestre d'amor 145
Sota el meu llavi el seu 146

V. LES IMATGES, 2

Si, per tenir-la 149

VI. COLLITA DE PÈTALS

Mentre la roba s'eixamora 153

VII. L'INICI

Seré a ta cambra, amiga 157

VIII. LES IMATGES, 3

Mocador d'olor 161

IX. CONTENTAMENT

Quin tebi pler 165

X. LA PENYORA EN OFRENA

Tirania de l'amor 169
És fadrineta i com un sol 170

XI. LES IMATGES, 4

Perquè és alta i esvelta 173

XII. COLLITA DE FRUITS, 1

Ulls clucs l'amor 177

XIII. El cal·ligrama, i 2

Com sé que es besa 181

XIV. Collita de fruits, 2

Si la despullava 185
Visca l'amor 186
Blanca bruna 187

XV. Les imatges, i 5

I quan confiats els arbres 191

XVI. Llegenda

Si n'era un lladre 195

XVII. El somni i la rosada

La carn fa carn 199
Quin desvetllar-me 201
Mes d'aquest somni 202

XVIII. Ara, i cada demà

Si anessis lluny 205

XIX. Carte-lettre

Rails i més rails 209

XX. Tanca

L'altra banda de la serra 213

ÓSSA MENOR
(*Fi dels poemes d'Avantguarda*)
(1925)

Romàntica 219
Omega 220
Proverbi 221
Tarda d'istiu 222
Pronòstic ciutadà 224
Nocturn per a acordió 225
Madrigal 227
Juny 228
Minvant 229
Novel·la 230
Ballet 233
Arquer d'amor 234
L'ofici que més m'agrada 235
Epitalami d'unes noces de maig 237
La meva amiga com un vaixell blanc 238
Pesombre 240
Ara no es fa, pro jo encara ho faria 241
Vileta d'Arles, diumenge a la tarda 243
Proverbi 244
Batzec 245

Apèndix
POEMES DISPERSOS

Amada, amada 249
(Le tréfonds des très forts et le faible des autres) 251
Missenyora la Mort 252
És tot fosc i jo al llit 253
Cançó de l'amor efímera 254

El bell assoliment 256
Cançó futura 257
Quan sóc a casa 259
Les gorges 261

Imprès el mes de juliol de 1983
a Romanyà/Valls,
Verdaguer, 1
Capellades
(Barcelona)